新木偶奇遇記

蘇蘇 著

蘇蘇（一九一〇年—一九八四年）

鍾望陽，筆名蘇蘇，兒童文學家。上海人。曾在上海市文化局副局長，上海音樂學院黨委書記、副院長，《上海文藝》副主編。一九三三年開始發表作品。著有長篇兒童小說《小癲痢》《小頑童》，長篇童話《新木偶奇遇記》等。

總序一

兒童文學的歷史與記憶

林文寶

大陸海豚出版社所出版之中國兒童文學經典懷舊系列，要在臺灣出版繁體版，這是臺灣兒童文學界的大事。該套書是蔣風先生策劃主編，其實就是上個世紀二、三十年代的作家與作品，絕大部分的作家與作品皆已是陌生的路人。因此，說是經典有失嚴肅；至於懷舊，或許正是這套書當時出版的意義所在。如今在臺灣印行繁體版，其意義又何在？

考查各國兒童文學的源頭，一般來說有三：

一、口傳文學

二、古代典籍

三、啟蒙教材

而臺灣似乎不只這三個源頭，綜觀臺灣近代的歷史，先後歷經荷蘭人佔據三十八年（一六二四—一六六二），西班牙局部佔領十六年（一六二六—

一六四二），明鄭二十二年（一六六一—一六八三），清朝治理二〇〇餘年（一六八三—一八九五），以及日本佔據五十年（一八九五—一九四五）。其間，相當長時間是處於被殖民的地位。因此，除了漢人移民文化外，尚有殖民者文化的滲入；尤其以日治時期的殖民文化影響最為顯著，荷蘭次之，西班牙最少，是以臺灣的文化在一九四五年以前是以漢人與原住民文化為主，殖民文化為輔的文化形態。

一九四五年十月二十五日國民黨接收臺灣後，大陸人來臺，注入文化的熱血液。接著一九四九年十二月七日國民黨政府遷都臺北，更是湧進大量的大陸人口。而後兩岸進入完全隔離的型態，直至一九八七年十一月臺灣戒嚴令廢除，兩岸開始有了交流與互動。一九八九年八月十一至二十三日「大陸兒童文學研究會」成員七人，於合肥、上海與北京進行交流，這是所謂的「破冰之旅」，正式開啟兩岸兒童文學交流歷史的一頁。

其實，兩岸或說同文，但其間隔離至少有百年之久，且由於種種政治因素，目前兩岸又處於零互動的階段。而後「發現臺灣」已然成為主流與事實。

因此，所謂臺灣兒童文學的源頭或資源，除前述各國兒童文學的三個源頭，又有受日本、西方歐美與中國的影響。而所謂三個源頭主要是以漢人文化為主，其實也就是傳統的中國文化。

臺灣兒童文學的起點，無論是一九〇七年（明治四〇年），或是一九一二年（明治四十五年／大正元年），雖然時間在日治時期，但無疑臺灣的兒童文學是屬於華文世界兒童文學的一支，它與中國漢人文化是有血緣近親的關係。因此，了解中國上個世紀新時代繁華盛世的兒童文學，是一種必然尋根之旅。

本套書是以懷舊和研究為先，因此增補了原書出版的年代（含年、月）、出版地以及作者簡介等資料。期待能補足你對華文世界兒童文學的歷史與記憶。

林文寶，現任臺東大學榮譽教授，曾任臺東大學人文學院院長、兒童文學研究所創所所長、亞洲兒童文學學會臺灣會長等。獲得第三屆五四兒童文學教育獎，中國文藝協會文藝獎章（兒童文學獎），信誼特殊貢獻獎等獎肯定。

總序二

原貌重現中國兒童文學作品

蔣風

今年年初的一天，我的年輕朋友梅杰給我打來電話，他代表海豚出版社邀請我為他策劃的一套中國兒童文學經典懷舊系列擔任主編，也許他認為我一輩子與中國兒童文學結緣，且大半輩子從事中國兒童文學教學與研究工作，對這一領域比較熟悉，了解較多，有利於全套書系經典作品的斟酌與取捨。

一開始我也感到有點突然，但畢竟自己從童年開始，就是讀《稻草人》《寄小讀者》《大林和小林》等初版本長大的。後又因教學和研究工作需要，幾乎一而再、再而三與這些兒童文學經典作品為伴，並反復閱讀。很快地，我的懷舊之情油然而生，便欣然允諾。

近幾個月來，我不斷地思考著哪些作品稱得上是中國兒童文學的經典？哪幾種是值得我們懷念的版本？一方面經常與出版社電話商討，一方面又翻找自己珍藏的舊書。同時還思考著出版這套書系的當代價值和意義。

中國兒童文學的歷史源遠流長，卻長期處於一種「不自覺」的蒙昧狀態。而清末宣統年間孫毓修主編的「童話叢刊」中的《無貓國》的出版，可算是「覺醒」的一個信號，至今已經走過整整一百年了。即便從中國出現「兒童文學」這個名詞後，葉聖陶的《稻草人》出版算起，也將近一個世紀了。在這段不長的時間裡，中國兒童文學不斷地成長，漸漸走向成熟。其中有些作品經久不衰，而一些作品卻在歷史的進程中消失了蹤影。然而，真正經典的作品，應該永遠活在眾多讀者的心底，並不時在讀者的腦海裡泛起她的倩影。

當我們站在新世紀初葉的門檻上，常常會在心底提出疑問：在這一百多年的時間裡，中國到底積澱了多少兒童文學經典名著？如今的我們又如何能夠重溫這些經典呢？

在市場經濟高度繁榮的今天，環顧當下圖書出版市場，能夠隨處找到這些經典名著各式各樣的新版本。遺憾的是，我們很難從中感受到當初那種閱讀經典作品時的新奇感、愉悦感、崇敬感。因為市面上的新版本，大都是美繪本、青少版、刪節版，甚至是粗糙的改寫本或編寫本。不少編輯和編者輕率地刪改了原作的字詞、標點，配上了與經典名著不甚協調的插圖。我想，真正的經典版本，從內容到形式都應該是精致的、典雅的，書中每個角落透露出來的氣息，都要與作品內在的美感、精神、品質相一致。於是，我繼續往前回想，記憶起那些經典名著的初版本，或者其他的老版本——我的心不禁微微一震，那裡才有我需要的閱讀感覺。

在很長的一段時間裡，我也渴望著這些中國兒童文學舊經典，能夠以它們原來的面貌重現於今天的讀者面前。至少，新的版本能夠讓讀者記憶起它們初始的樣子。此外，還有許多已經沉睡在某家圖書館或某個民間藏書家手裡的舊版本，我也希望它們能夠以原來的樣子再度展現自己。我想這恐怕也就是出版者推出這套書系的初衷。

也許有人會懷疑這種懷舊感情的意義。其實，懷舊是人類普遍存在的情感。它是一種自古迄今，不分中外都有的文化現象，反映了人類作為個體，在漫長的人生旅途上，需要回首自己走過的路，讓一行行的腳印在腦海深處復活。

懷舊，不是心靈無助的漂泊；懷舊也不是心理病態的表徵。懷舊，能夠使我們憧憬理想的價值；懷舊，可以讓我們明白追求的意義；懷舊，也促使我們理解生命的真諦。它既可讓人獲得心靈的慰藉，也能從中獲得精神力量。因此，我認為出版本書系，也是另一種形式的文化積澱。

懷舊不僅是一種文化積澱，它更為我們提供了一種經過時間發酵釀造而成的文化營養。它為認識、評價當前兒童文學創作、出版、研究提供了一份有價值的參照系統，體現了我們對它們批判性的繼承和發揚，同時還為繁榮我國兒童文學事業提供了一個座標、方向，從而順利找到超越以往的新路。這是本書系出版的根本旨意的基點。

這套書經過長時間的籌畫、準備，將要出版了。

我們出版這樣一個書系，不是炒冷飯，而是迎接一個新的挑戰。

我們的汗水不會白灑，這項勞動是有意義的。

我們是嚮往未來的，我們正在走向未來。

我們堅信自己是懷著崇高的信念，追求中國兒童文學更崇高的明天的。

二〇一一年三月二〇日
於中國兒童文學研究中心

蔣風，一九二五年生，浙江金華人。亞洲兒童文學學會共同會長、中國兒童文學學科創始人、中國國際兒童文學館館長。曾任浙江師範大學校長。著有《中國兒童文學講話》《兒童文學叢談》《兒童文學概論》《蔣風文壇回憶錄》等。二〇一一年，榮獲國際格林獎，是中國迄今為止唯一的獲得者。

目錄

新木偶奇遇記

第一章

你們有沒有讀過《木偶奇遇記》呢？

「啊哼！……」

「啊哼！……」

「唉，真是要命哪！是的，叫我講點什麼故事好呢？」

「喂喂！快點講呀！你為什麼老是搔頭皮，啊哼啊哼地咳嗽呢？」

「啊呀，潘秉春，你，你真是滑頭！叫我給你們講點什麼故事好呢？唉唉，啊哼！……」

「老師，你答應這課給我們講故事的！」

「顧文雲，你，是一個好女孩子，也要跟我搗蛋麼？我，啊哼，叫我給你們講點什麼故事好呢？我，啊哼！……」

「快點講呀，時間是不等我們的，一會兒，當當當地又要下課啦！」

「喂，任秀娥，你也……」

「啊啊，你們，不要哇啦哇啦呀！」

「快點講呀！快點講呀！」

「啊喲！這算什麼呢？課堂也要給你們鬧翻啦！唔，是的，我要講的，啊哼！……」

「那麼講呀！」

「好，從前有一個國王……」

「不要聽，國王的故事不要聽！」

「啊喲！你，陶子才……」

「從前的故事不要聽，我們要聽現在的故事！」

「余慧珍，不要大聲喊叫呀！」

「那麼請你講現在的故事！」

「好的，好的。那麼，讓我想一想好麼？唉，啊哼！」

…………

「咦，你想了有五分鐘啦！難道還沒有想出來麼？」

「唉，你們真不作興！沒有五分鐘，只有五秒鐘，你們吹牛呀！你們……」

「好啦！好啦！講下去吧！」

「啊哼！……」

「又咳嗽啦！」

「哈哈！講故事一定要咳嗽的。不咳嗽就講不出故事來的。啊哼！啊哼！……」

「啊呀，你難道打算一直咳下去麼？」

「唉，你們真疙瘩，我早說過，講故事一定要咳嗽的，不咳嗽就講不出來的！」

「那麼你不是咳了很多很多的嗽了麼？」

「是呀，所以故事給我咳出來啦！」

「那麼講呀！」

「好的，我打算講一個《新木偶奇偶記》給你們聽，好麼？」

「好的！好的！」

「不要哇啦哇啦呀！——你們叫喊著，還要拍臺板，小腳兒蹬著地板，真是……」

「那麼講呀！」

「不是要講了麼？啊哼，不過，你們《木偶奇遇記》有沒有看過呢？」

「咦，你們現在為什麼不響了呀？」

「大眼睛，你有沒有看過《木偶奇遇記》？」

「沒有。」

「那麼，你，橄欖頭呢？」

「你也學我們小孩子，叫我們的綽號麼？」

「好，老師叫你們的名字。」

「那麼，小辮子徐素英呢？」

「哈哈哈哈！」

「也沒有麼？真是，真是要命！」

「好，現在，誰要是看過《木偶奇遇記》的，舉手！」

「什麼？一個都沒有！你們這批愛淘氣的小孩子，只曉得耳朵享福，要人家給你們講故事；而眼睛一點也不肯吃苦，平時哇啦哇啦，像老和尚念經，把國語書背出了，也不知道看看故事書！」

「看的，我就看過安徒生的童話！」

「啊喲，算你希奇，看過安徒生童話。可是，《木偶奇偶記》你沒看過呀！」

「唉，這真是件難事，沒有看過《木偶奇遇記》，叫我怎麼給你們講《新木偶奇遇記》呢？這，啊哼！」

「那麼，你先給我們講老《木偶奇遇記》好麼？」

「那，那怎麼行？你們自己去看。你們看完了老《木偶奇遇記》，我再來跟你們講《新木偶奇遇記》。」

「啊喲！你這個大滑頭，你講不出故事，故意來難難我們麼？……」

「喂，胡美玲，不作興的，你對我這麼沒規矩，是不作興的！」

「那麼，你簡單地講一講老《木偶奇遇記》，好麼？」

「咳，還是薛大鈞乖。好的，我來簡單地給你們講一講老《木偶奇遇記》，然後，我把《新木偶奇遇記》講給你們聽。」

「好啊！好……」

「噓！又要哇啦哇啦了麼？唉，真是淘氣。」

「好，我們不響，你就講吧！」

「好！」

「啊呀，我也有點忘記啦！」

「諾諾諾！你又來啦……」

「實在，真是對不起，那本書，還是我和你們年紀一樣大小，在小學裡讀書的時候看過的。現在，我是個大人啦！唉唉，不吹牛的，我有點忘記啦！」

「那麼，去把那本書拿來，……」

「不，實在對不起得很，今天只好不講了，讓我今天回家去，看它一個晚上，明天來給你們講，好麼？」

「真是大滑頭！」

「胡美玲！不作興的！真是沒規矩！」

「好，下次一定給你們講，今天只好這樣了！」

第二章

好，現在我來給你們講老《木偶奇遇記》吧！

有一個老木匠，名字叫安東尼，因為他的鼻尖常常紅赤而光亮，像一粒熟櫻桃，所以大家都叫他櫻桃先生。櫻桃先生有個朋友，名字叫蓋比都。孩子們是最最調皮的，因為專門替人家取綽號，看見蓋比都的黃色假頭髮，很像一塊用粟米做的蛋糕，所以都叫他「粟米蛋糕」了。這位「粟米蛋糕」來到櫻桃先生的家裡，向他討一塊木頭，因為他要做一個美麗的木偶。櫻桃先生就給了他一塊木頭。

「粟米蛋糕」拿了一塊木頭，就回到家裡去了，他開始做起木偶來。木偶一做好，就給他取了一個名字，叫做匹諾曹。匹諾曹是一個頑皮的孩子。他的爸爸給他一做好，他就提起木頭的腳來，向外邊逃走啦！可憐的粟米蛋糕爸爸就追去，追到半路上，匹諾曹被士兵捉著了。路人都說粟米蛋糕爸爸虐待匹諾曹，於是士兵就把粟米蛋糕爸爸捉到監獄裡去。

匹諾曹是多快活呀，他從士兵手裡溜了出來，就向田裡奔去。後來他奔進一間屋子，那裡沒有人，只有一隻饒舌的蟋蟀。饒舌的蟋蟀責備他不該從家裡逃出來，使他的爸爸傷心。匹諾曹很是憤怒，就用木槌打饒舌的蟋蟀的頭。

黑夜來了，匹諾曹肚子很餓。他找到了一個雞蛋，想燒一盤炒蛋吃，可是正在這麼想的當兒，那雞蛋殼破了，裡面跳出一隻小雞，向窗外飛去了。匹諾曹真是後悔，饒舌的蟋蟀的話是對的，他不該從家裡逃出來，使他的爸爸傷心。可是他的肚子餓呀，外邊又下起暴雨來了，並且還有轟轟的雷聲，匹諾曹真是害怕，可是他肚子實在餓得慌，沒法，只得向外邊奔去，想到鎮上去找點東西吃。可是誰肯給他東西吃呢？他全身都濕了，肚子又餓，沒法，只得回家。一走到家裡，他一點力氣也沒有，急忙坐下，他把潮濕的腳擱在火盆上面，裡面燒著炭。因為太疲乏，所以沒一會兒，他就睡著了。

第二天，粟米蛋糕爸爸從監獄裡回家來了。他「砰砰砰」地敲著門。匹諾曹醒來了，一聽見是爸爸在外面叫門，心裡真是快樂。他想去開門，可是，啊呀，他的兩隻木頭腳，已經給炭火燒掉啦。匹諾曹哭了起來。粟米蛋糕爸爸就從窗子裡跳進來，匹諾曹哭哭啼啼地把昨天的一切經過告訴了他。粟米蛋糕爸爸看他很可憐，就饒了他，給他吃了早飯，並且又替他做了兩隻新的木頭腳。

粟米蛋糕爸爸要匹諾曹去讀書，可是沒有錢買《初級讀本》，於是就把他的外套賣了，給匹諾曹買了一本《初級讀本》。並且還用花紙給他做了一套衣服，用樹皮做了一雙鞋子，用麵包屑做了一頂帽子。匹諾曹就很快樂地拿著《初級讀本》去讀書了。

走到半路上，「冬，冬，冬」的聲音響個不停。啊呀，這是幹什麼呀？哦，原來是敲大鼓的聲音！在一塊空地上，許多人擁擠著，他們都站在一座用木頭和帆布造成的木房子的周圍，那木房子上畫著各種各樣的顏色。匹諾曹趕忙奔去看，那木房子上有一塊招牌，上面寫著：

「木偶大戲院」

匹諾曹真想進去看木偶戲！可是沒有錢買門票。匹諾曹沒法，只得把他的《初級讀本》賣掉了。買了一張門票，進去看戲了。

戲臺上，哈爾昆和潘卿羅正在做戲，一看見匹諾曹進來了，大家忘了做戲，都叫了起來：

「進來的是匹諾曹，是我們的兄弟匹諾曹！啊，匹諾曹萬歲！」

羅斯姑娘從布景後面望出來，也叫道：

「對啊，匹諾曹！」

匹諾曹一見是他的朋友們，真是快樂極了，就跳到戲臺上去。看客們見了這情形，非常憤怒，大聲喊叫起來：

「我們要看戲——繼續做下去！」

正在這時，木偶大戲院的經理食火者跑出來了，他是一個碩大奇醜的傢伙，手裡揮舞著一根用蛇皮編成的鞭子，向匹諾曹發怒地叫道：

「為什麼你跑到我的戲院裡來胡鬧？好，今天晚上，我要同你細細算帳！」

於是木偶戲繼續做下去。

到了晚上，食火者就叫哈爾昆和潘卿羅把匹諾曹抓來，想把他當作燃料，用來燒一隻肥壯的羊。匹諾曹大喊「爸爸救命！」食火者打了一個噴嚏（原來他要饒恕一個人的時候，總是要打噴嚏的），就饒了匹諾曹，並且給了他五塊金洋，叫他給他的窮苦的粟米蛋糕爸爸。

匹諾曹快活極啦，他拿了五塊金洋，打算回家去給他可憐的爸爸。卻不料在半路上，碰見一隻蹺腳狐狸和一隻瞎眼睛貓。他們都是騙子，曉得匹諾曹有五塊金洋，就騙他到鷹國去，說那裡有一塊祭田，叫做「奇異的田」，如果匹諾曹的五塊金洋，種在「奇異的田」裡，那麼明天就會有二千五百塊金洋。匹諾曹信以為真，就跟著他們去了。

當天晚上，他們住在「紅龍蝦旅館」裡，吃了一頓豐盛的晚餐。大家約好，在中夜的時候，到「奇異的田」裡去種金洋。到了中夜，蹺腳狐狸和瞎眼睛貓已經走了，旅館主人向匹諾曹要去一塊金洋，說是付那頓豐盛的晚餐費和旅館費。現在，匹諾曹只有四塊金洋了。

匹諾曹帶了四塊金洋走到「奇異的田」裡去種，蹺狐狸和瞎眼睛貓扮成刺客，早已躲在半路上，預備刺死匹諾曹，搶劫他的四塊金洋。匹諾曹一點也不知道，在黑暗中，他摸索著前進。走了一會，他果然碰到刺客了。匹諾曹回身就逃，兩個刺客在後面緊緊地追趕。一追追到樹林裡，那邊有一間屋子，匹諾曹想逃進去躲起來，可是已經來不及了，給兩個刺客捉到了。他們就把他吊在大橡樹上。可是匹諾曹真是頑強，他把金洋藏在舌頭底下，死也不肯給那兩個刺客。

後來，幸虧那屋子裡的青髮仙子救了他。她叫一隻大鷹去把匹諾曹從樹上解下來，又叫曼杜羅，那匹美麗的狗車夫，拉了車子把匹諾曹載到屋子裡來。可是匹諾曹病了，青髮仙子就去請了三位醫生來，那三位醫生就是烏鴉、貓頭鷹和饒舌的蟋蟀。他們給他開了一張藥方，青髮仙子買了藥來，要匹諾曹吃。可是匹諾曹不肯吃，於是有四隻黑老鼠，扛著一口棺材進來，說小孩子病了不吃藥，就要困棺材。匹諾曹很怕，就吃了那藥。

匹諾曹病好了，聽說他的粟米蛋糕爸爸今天也要到青髮仙子的家裡來，真是快樂。他要求青髮仙子說，他要到外邊去迎接他的粟米蛋糕爸爸。青髮仙子答應了，匹諾曹就快樂地去了。

走到大橡樹近旁，匹諾曹又碰見了蹺腳狐狸與瞎眼睛貓，因為他們搶不到他的金洋，所以又騙他到鷹國的「奇異的田」裡去種金洋。匹諾曹起先不肯，後來經不住那兩個騙子的橫勸豎勸，又跟著他們去了。

他們三個找到了鷹國的懲愚鎮，「奇異的田」就在那鎮上。兩個騙子就叫匹諾曹在一塊田裡挖了一個小洞，把金洋放進去，叫匹諾曹過了二十分鐘再來，那時就有二千塊金洋了。匹諾曹回到鎮上，過了二十分鐘，再到田裡去找那二千塊金洋，可是哪裡有呢！就連四塊金洋也沒有了。匹諾曹曉得上了當，就連忙去報告警察局。局長是一個大猩猩，聽了匹諾曹的報告，反而罰他坐了四個月的監獄。

後來這鷹國的少年皇帝，打了勝仗回來，宣布大赦犯人，匹諾曹才被放了出來。

匹諾曹從監牢裡出來，想回到青髮仙子家裡去，路上吃盡千辛萬苦。後來，到底在工蜂村遇到了青髮仙子。青髮仙子要他做一個好孩子，匹諾曹就答應了青髮仙子。於是，匹諾曹又到學校裡去讀書了。

可是，匹諾曹還是不想學好。有一天，他和同學們在海灘上打架，把一個同學打傷了，就被兩個士兵捉住。可是匹諾曹是一個小壞蛋，他從士兵的手中滑溜出來逃走了。士兵們就叫獵狗阿拉亭去追他。他逃了一會兒，就跳進一條河裡去，阿拉亭也跳了下去。阿拉亭是不會游水的，便喊起救命來。匹諾曹把它救了起來，要它不要捉他。匹諾曹繼續在河裡游呀游的，卻不料漁夫捉了起來，帶回家去，要把他當做魚兒放在油煎鍋裡烹燒了，幸虧阿拉亭來救他。匹諾曹回到家裡，向青髮仙子請求饒恕，青髮仙子允許他明天變成一個孩子，不做木偶了。

後來，匹諾曹和朋友蠟燭心一起到玩物國去玩。他們坐了一輛十二對顏色不同的小驢子拖的馬車。駕那輛車子的，是一個大胖子車夫。

他們到了玩物國，終日遊玩。過了五個月，匹諾曹和蠟燭心都變成了小驢子。——原來孩子們到了玩物國，就會變成小驢子的，這是大胖子車夫的詭計。

大胖子車夫看見他們變了小驢子，就把匹諾曹賣到馬戲班裡。有一天晚上，匹諾曹因為做「跳圈」的雜耍，而跌壞了腳，於是又被賣給人家，預備剝他的皮做鼓用。

那人就把匹諾曹丟在海裡，要把他淹死以後，再剝他的皮。不料魚兒們吃掉了他的驢子肉，匹諾曹又變成了一個木偶！他便乘機逃走，卻又被海裡的鯊魚吞吃了。匹諾曹在鯊魚的肚子裡，竟找著了他的粟米蛋糕爸爸。原來粟米蛋糕爸爸渡海找尋匹諾曹的時候，掉進海裡，也被鯊魚吞進了肚子。現在，父子兩見了，真是快樂。可是在鯊魚肚裡總不是事呀！有一天晚上，鯊魚張著嘴巴睡著了，他們就乘機逃了出來。

粟米蛋糕爸爸和匹諾曹回到家裡，匹諾曹立志要做一個好孩子。有一天晚上，他夢見青髮仙子，就向他求饒。青髮仙子就又饒恕了他。第二天早上醒來，匹諾曹已不是一個木偶了，他已經由木偶變成一個真正的孩子了。他看見靠在椅子上的，是一個大木偶，頭倒在一邊，手臂拖垂著，腿兒斜橫著，樣子真是再醜也沒有了。

現在，老《木偶奇遇記》講完啦！可是，寫老《木偶奇遇記》的作家柯羅狄先生，他忘了講那靠在椅子上的大木偶曾對匹諾曹講過的話，那話就是：

「匹諾曹！你一定要做個好孩子；就是成了大人，也一定要做個好大人呵！要是你不學好，那麼，你還是要變成一個木偶的！」

匹諾曹當時就答應了那個大木偶的話。

第三章

現在，匹諾曹已經變成一個大人了。

窮苦的粟米蛋糕爸爸，在匹諾曹還是一個「木偶」的時候，曾經賣了自己的外套，給他買了一本《初級讀本》，可是頑皮的匹諾曹不是把那本《初級讀本》賣掉了，到木偶大戲院去看木偶戲的嗎！

後來匹諾曹表示要做一個好孩子，他再也不高興做木偶了。可不是麼，木偶有啥做頭呢？頂多替木偶大戲院的經理食火者做做木偶戲，給有閒的老爺們、太太們，或是放蕩的少爺們、小姐們，開開心罷了！

匹諾曹變成一個「好孩子」了！

他的粟米蛋糕爸爸真是快樂。青髮仙子聽見了，也很快樂。還有，那隻饒舌的蟋蟀，也很快樂。它常常爬到匹諾曹用功讀書的桌子邊來，對他說：

「匹諾曹，你真了不起！你這樣用功讀書，你的前途真是很遠大、很光明哪！」

匹諾曹對饒舌的蟋蟀說：

「饒舌的蟋蟀，你是我頂頂好的好朋友，你常常鼓勵我做好人，使我永遠也不會忘記你。饒舌的蟋蟀呀！我希望你永遠伴著我，鼓勵我，讓我做一對國家、對社會、對人類有用的人物！」

「好的，好的，匹諾曹，我真是感謝你對我的友誼，我將終身伴著你，伴著你向光明的大道邁進！」

就這樣，粟米蛋糕爸爸辛勤勞作，賺錢來給匹諾曹讀書；而饒舌的蟋蟀也總是時刻不離地伴著匹諾曹，鼓勵匹諾曹向光明的前途邁進！

匹諾曹小學畢業了，進了中學；中學畢業了，進了大學；大學畢業了，就出洋出留學。粟米蛋糕爸爸，總是把辛勤勞動得來的錢，供匹諾曹讀書。有時候，匹諾曹看見粟米蛋糕爸爸勞動得背也彎曲了，頭髮全都雪白了，連鬍子也雪白了，心裡總是很難過。可是粟米蛋糕爸爸卻捋捋他的雪白的鬍子，對匹諾曹笑著說：

「孩子喲！只要你決心做一個對國家、對社會、對人類有益的人，我就是辛勤到死，也是情願的呵！匹諾曹，你看，我們的國家，是多弱，我們的社會是多黑暗！我們許多人，是生活得多淒苦喲！匹諾曹！快長大起來！你讀書，就是要從書本子裡，懂得建立一個幸福自由國家的道理！要使人類只有歌唱，沒有嘆息！匹諾曹，你要做一個民族的英雄，革命的先鋒！」

饒舌的蟋蟀在旁邊聽了，點點頭道：

「匹諾曹喲！你的可憐的爸爸的話，是多對呵！你一定要依從你的爸爸的話去做，切不要忘記你的爸爸的話才好呀！」

匹諾曹真是沒有忘記粟米蛋糕爸爸的話，他在外國留學，的確讀書很用心。饒舌的蟋蟀常常鼓勵他，他也總是聽從饒舌蟋蟀的話。

有一天，匹諾曹手臂下挾著一本關於《經濟學》的書本子，走到花花公園中去休息。他坐在一棵大楊樹下面的一隻椅子上，眼睛深深地閉著，思索著那本《經濟學》書中所講的問題。忽然，他聽見有一種清脆的唱歌聲，非常動聽地傳進他的耳朵中來。他張開眼睛，看見一個年輕活潑的姑娘，跳跳蹦蹦的，嘴裡唱著那動聽的歌曲，正迎著他奔來。他向那位年輕的姑娘細細地一看，不覺跳了起來，心裡叫道：

「啊呀，那姑娘是多熟悉呀！」

匹諾曹正在驚疑之間，那姑娘卻已經跳到他的跟前來了，向他細細地看了一會。忽然叫道：

「啊呀，你不是木偶匹諾曹麼？」

「不，我是匹諾曹，不是木偶匹諾曹呀！——啊，是的，你這姑娘，我真面熟呀！可是，唉，我，我為什麼忘記了你的名字了呢？」匹諾曹嘰哩呱啦地說著。

那姑娘拍拍手，笑了起來：

「啊哈，木偶匹——啊，不，匹諾曹，你怎麼忘了我啦？我是木偶大戲院的女演員，羅斯姑娘呀！你難道忘記了麼？」

「哦，原來是羅斯姑娘麼？啊哈，我的記性真壞，竟忘掉了。唉唉，羅斯姑娘，請你原諒我！」

「哦唷，匹諾曹，看不出你吶，你真會跟我客氣。是的，你的頭髮這麼亂，你的鬍子又為什麼這樣長呢？唉唉，你的面色也不大好，是的，你生過病了麼？」羅斯姑娘故意取笑匹諾曹。

「不，不……」匹諾曹摸摸他有幾個月沒有刮去的鬍子，難為情地說。

這時候，羅斯姑娘跳到匹諾曹的身邊，順手把匹諾曹臂下挾著的那本《經濟學》的書搶去了，翻了翻，叫道：

「啊，你原來是個經濟學者，一天到晚研究經濟學，怪不得沒有時間去剃頭髮，刮鬍子了。唉，匹諾曹，你真是個傻子，這種書不是我們讀的，只配那些社會主義者去讀的。並且，匹諾曹，你讀了這種書，當心坐監獄、被人砍頭哩！……」

「羅斯姑娘，不，……」

可是匹諾曹還未說完，羅斯姑娘又插嘴說了：

「匹諾曹，我說，你幾時學會這一種傻勁的呀！唉，匹諾曹，你還年輕，如果你到光光林理髮店去理一理髮，刮一刮鬍子，嘿，匹諾曹，只要你照一照鏡子，你就會吃驚起來，你竟會不認得鏡子裡的你，是那麼一個漂亮的青年了。哈哈，匹諾曹，來，乖乖地跟我來，把你那本《經濟學》的書丟到大海裡去吧。等會兒，我給你買本墨索里尼的《傳記》，或者，希特勒的《我的奮鬥》，給你讀吧。現在，跟我來吧！我先帶你到光光林理髮店去理一理髮，刮一刮鬍子；然後，我要帶你到紅黃藍白黑跳舞廳去跳「升天舞」；再呢，我們到金不靈咖啡館去喝熱牛奶。啊呀，我的匹諾曹，去吧，我們去吧！」

羅斯姑娘說完話，第一，把那本《經濟學》丟在地上，第二，在手臂套進他的左手臂彎裡，把他從椅子上拉起來。

匹諾曹本不想走。可是，他想起來了，如果真像羅斯姑娘所說，進了光光林理髮店，理一理髮，刮一刮鬍子，會變成一個漂亮的小夥子，那不是很好麼？

匹諾曹臉紅紅的，跟著羅斯姑娘走了。

可是沒走上幾步，匹諾曹的耳朵邊，響起一陣說話聲：

「匹諾曹，你快回頭，別跟木偶羅斯姑娘攪在一起，這是危險的呀！匹諾曹，你難道忘記你可憐的爸爸的話了麼？啊，匹諾曹！匹諾曹！匹諾曹！……」

匹諾曹心裡一怔，立刻停下腳步來，他對羅斯姑娘說：

「不，羅斯姑娘，我，我不，我不去了！」

「匹諾曹，傻子，你，……唉，……傻子！走！」

羅斯姑娘扭著匹諾曹，已經走出花花公園的大門了！可憐的饒舌的蟋蟀，在後面大喊：

「匹諾曹！匹諾曹！匹諾曹！」

第四章

匹諾曹到光光林理髮店去理髮。

羅斯姑娘聽見有人那麼響地喊匹諾曹，就問道：

「匹諾曹，是誰叫你？」

「是饒舌的蟋蟀。」

「他為什麼叫你？」

「叫我不要跟你去。」

「那麼你聽他的話麼？」羅斯姑娘停了下來，眼睛望著匹諾曹。

「唉！」匹諾曹嘆口氣。

羅斯姑娘見匹諾曹心裡猶豫不決，就「哈哈哈」地大笑起來，對他說：

「匹諾曹，你這傻子，你以後切不要聽饒舌蟋蟀的話，他是世界上最大的騙子！要是你聽了他的話，那你一生就不會有幸福了！……」

羅斯姑娘話未說完，忽然有一個嚴厲的聲音說道：

「為什麼要求個人的幸福呢？應該要求人類大多數的不幸者的幸福才好呀！」這是饒舌蟋蟀的話。

「這是胡說！匹諾曹，我們走吧！」羅斯姑娘害怕地說著，一邊扭著匹諾曹就走。

他們走進了光光林理髮店。這個理髮店，全是用鏡子造成的，人一走進去，前前後後，左左右右，全給照了出來。匹諾曹看見自己，像個老頭子一樣，一副醜態，非常難看。他看見羅斯姑娘，既是年輕，又是漂亮。他心裡很是悲哀。

「為什麼我竟變得這樣難看了呀？」匹諾曹喊了出來。

可是立刻有兩個理髮匠走過來了，他們手裡拿著兩把大剪刀，兩把大剃刀，把匹諾曹像捉小雞一樣地提到旋轉的椅子裡。匹諾曹真是害怕，喊起「救命」來了。可是兩個理髮匠發出可怕的聲音說道：

「不要叫，我們要把你改造一下！你這副樣子，在紳士社會裡，是不能有你容身之地的。真的，傻子，要不是羅斯姑娘領你到這光光林理髮店來，你獨個兒來，我們會把你打出去的！」

說完話，匹諾曹頭頂上的那盞電燈，像閃電一般，亮了一亮，於是，兩把大剪刀，就向匹諾曹的頭上剪來了。沒一會，兩把大剃刀，又向匹諾曹的臉上劈過來。只聽見「切切擦擦」，好像農民在割稻一樣，在刮著匹諾曹臉上的鬍子。匹諾曹頭裡有點暈，心裡非常害怕，想：

「他們會不會把我殺掉呢？」

他叫起「羅斯姑娘」來，可是羅斯姑娘已經不在了，匹諾曹正想喊叫，可是雪亮的大剃刀在他眼前一閃，他立刻不敢喊出聲來了。匹諾曹心裡非常後悔：

「唉，我為什麼不聽從饒舌蟋蟀的話呢？」

他正在後悔的當兒，兩個理髮匠已經給他的頭髮理好了，鬍子也刮光了。理髮匠對他說：

「你這傻子，現在，你可以好好地照一照鏡子，看一看自己，是不是一個漂亮的小夥子了。」

匹諾曹站了起來，向鏡子裡一照，不覺大大地吃驚起來。他看見鏡裡的，已不是他自己了，而是他變成「好孩子」以前，那個靠在椅子上的「木偶」了。匹諾曹不覺嗚嗚地哭了起來。

正在哭泣之間，羅斯姑娘進來了，她的後面跟著兩個人，手裡各捧著一隻大匣子，走到匹諾曹的面前。羅斯姑娘責備匹諾曹說：

「啊呀，這麼大的人了，還要哭麼？啊，親愛的匹諾曹，別哭吧，我叫兩個衣鋪子裡的夥計，給你送來了一套非常漂亮的衣服。啊，我的匹諾曹，穿起新衣服來吧，我們還要到紅黃藍白黑舞廳去跳『升天舞』呢！」

這樣說了，羅斯姑娘就對那兩個衣鋪子裡的夥計叫道：

「快給這位新木偶穿起衣服來吧！」

兩個衣鋪子裡的夥計，立刻把大匣子打開，一把把匹諾曹揪過來，把他身上穿的那套舊衣服，撕了個粉碎。於是，一套新的美麗衣服給他穿起來了。

匹諾曹穿好新衣服，理髮匠又走過來，拿了兩把大板刷，在匹諾曹的頭上刷呀刷的，塗上了很多很多的「斯丹康」（一種塗髮的膏）。於是，理髮匠又拿了兩隻大瓶子來，一個理髮匠開了一隻白色的瓶子，用手指挖了一大塊雪花膏，向匹諾曹的臉上塗去；另一個理髮匠開了一隻粉紅色的瓶子，也用手指頭去抹了一抹，原來這是紅胭脂，就在匹諾曹的面頰上擦了起來。

沒一會，化裝好了。羅斯姑娘走過來，親熱地對匹諾曹說：

「匹諾曹！現在，你向鏡子裡看一看，你是多麼年輕，又多麼漂亮呀！」

匹諾曹向鏡子裡一看，啊呀，怎麼的啦，鏡子裡的人可真年輕漂亮呀！匹諾曹一想到剛才自己嗚嗚地哭泣著，真覺得有點難為情。匹諾曹對著鏡子笑了起來：

「哈哈哈哈！」

羅斯姑娘從大匣子裡拿出一頂高高的黑帽子，向匹諾曹的頭上一戴；又拿出一副白白的手套，給匹諾曹的手上套去；又叫匹諾曹換了一雙新的發光的黑漆皮鞋。於是，羅斯姑娘對匹諾曹說：

「匹諾曹！你再照一照鏡了呀！你是一個多麼年輕，多麼漂亮的青年紳士呀！」

匹諾曹向鏡裡望去，忽然見到鏡子裡青髮仙子正在痛哭流涕；而他的可憐的爸爸，在深深地嘆息。匹諾曹大叫起來：

「爸爸！青髮仙子！」

可是羅斯姑娘靠近他的身邊來，傳給他一根「司的克」（就是手杖），把她的右手臂穿進匹諾曹的左胳膊彎裡，溫柔地說道：

「匹諾曹，你在叫什麼呀？我們到紅黃藍白黑舞廳去跳『升天舞』吧！」

就這樣，匹諾曹又被羅斯姑娘扭著走出光光林理髮店了。

正跨出大門口，後面饒舌的蟋蟀又叫了起來：

「匹諾曹！匹諾曹！匹諾曹！」

第五章

在紅黃藍白黑跳舞廳裡，匹諾曹巧遇誰？

匹諾曹聽見饒舌的蟋蟀在叫他，又想起剛才在光光林理髮店的鏡子裡看見他的可憐的爸爸，和可愛的青髮仙子中，心裡真是非常難過。他正要向羅斯姑娘說：

「羅斯姑娘，我不去了，我要回到學校裡去了！」

可是匹諾曹還沒有說出來，羅斯姑娘早已把他拖到一輛黑色的汽車裡去了。

羅斯姑娘向車夫揮一揮手，說：

「紅黃藍白黑跳舞廳！」

汽車夫只點一點頭，汽車就立刻「嘟」地一聲，向前飛也似地駛去。匹諾曹要想跟羅斯姑娘說一些什麼的時候，汽車卻「咕」地叫了一下，羅斯姑娘的右手已經穿進匹諾曹的胳膊彎裡來，親昵地說：

「匹諾曹，我們下去吧！」

匹諾曹昏昏沉沉的，被羅斯姑娘拖著走下汽車，他右手裡的「司的克」一揮一揮的，發「的篤的篤」的聲音來。

他們踏上光滑的石階，兩個穿著紅衣服綠褲子，頭上帶著高高尖帽子的小孩子，立刻把玻璃門打了開來，恭恭敬敬地向他們行著禮，嘴裡叫著：

「歡迎匹諾曹先生！歡迎羅斯姑娘！」

羅斯姑娘只把頭兒向天空中一昂，就拖著匹諾曹走進紅黃藍白黑跳舞廳去了。

匹諾曹一走進跳舞廳，眼睛頓時昏眩起來。舞廳裡有著紅黃藍白黑的各色電燈，光輝地照耀著。一種令人酥爽的香氣，像水流一樣，向匹諾曹的鼻子裡鑽進去，匹諾曹覺得全身鬆快極了。

他被羅斯姑娘拖著走，可是地板真是光滑，匹諾曹又是穿著雙新的黑漆皮鞋，差一點沒摔了個大跟斗，幸虧有羅斯姑娘攙著走。他們走到一隻小巧玲瓏的圓桌子邊，坐了下來。立刻有一個穿著白色制服的侍者走過來，羅斯姑娘對他說：

「甜蜜的葡萄酒！」

「是。」侍者答應著。

沒一會，甜蜜的葡萄酒拿來了，侍者在高腳玻璃杯裡，給他們各倒了一杯。

那甜蜜的葡萄酒的顏色是紅紅的，有著一股濃濃的香氣撲進匹諾曹的鼻子，匹諾曹的鼻子裡癢癢的，馬上要打起噴嚏來了。

可是羅斯姑娘對匹諾曹親密地說：

「我的匹諾曹喲！我們來喝一杯甜甜蜜蜜的葡萄酒吧！」

羅斯姑娘的高腳玻璃杯舉起來了，匹諾曹並沒有打出噴嚏來，他也舉起了酒杯。羅斯姑娘向他笑了一笑，說：

「我們喝吧！祝我們的匹諾曹從這時候起，再不是傻子，而是一個全世界聞名的大人物！匹諾曹！我們喝吧？」

羅斯姑娘把高腳酒杯舉到她的嘴邊，匹諾曹也把高腳酒杯舉到他的嘴邊。

「匹諾曹，喝吧！」

「好，羅斯姑娘，喝吧！」

紅紅的葡萄酒，從高腳酒杯裡，一點一滴地，被倒到羅斯姑娘的肚子裡去了，也被倒到匹諾曹的肚子裡了。匹諾曹只覺得他的胸脯一動，他的一顆心兒好像跟著葡萄酒一起喝到肚子裡去了。

匹諾曹轉動他的頭兒，向舞廳四面看看，那紅黃藍白黑的各色燈光，已不再眩耀他的眼睛了。他覺得在他幼年時代的一種專想胡鬧的心情，現在又活動起來。他對羅斯姑娘說：

「羅斯姑娘，為什麼還不跳『升天舞』呀？」

「你看，不是要跳了麼？」羅斯姑娘指指音樂臺。

匹諾曹向音樂臺上一望，只見一個大胖子車夫，拿著一根鞭子，向十二對顏色不同的小驢子的頭上一揮，於是：

「嘭！」

匹諾曹原好好地坐在軟軟的椅子上的，忽然彈了起來。他心裡一跳，看了看羅斯姑娘，她也從椅子裡彈了起來。那大胖子車夫的鞭子，又向十二對顏色不同小驢子頭上一揮，於是又一聲：

「嘭！」

不知怎地，匹諾曹彈到羅斯姑娘的面前去了，他們兩人就立刻擁抱起來。忽然，又是：

「嘭！」

把他們兩個彈到「舞池」（就是跳舞的地方）中去了。大胖子車夫的鞭子現在又輕輕地揮了一揮：「噓」地一聲，於是音樂就立刻「噓里噓里」地響起來了。「舞池」中全是跳舞的青年男女。匹諾曹摟著羅斯姑娘跳呀跳的，一會兒旋到左面，一會兒轉到右面。

忽然有人喊匹諾曹道：

「啊呀，匹諾曹，我們怎麼又碰見了呀？」

匹諾曹轉過頭去一看，心裡不覺大怒起來：

「你們不是騙子蹺腳狐狸和瞎眼睛貓麼？你們騙過我四塊金洋！」

「匹諾曹，正是我們呀！」

「這裡是紳士們的跳舞廳，你們騙子怎麼好進來呢？」

蹺腳狐狸和瞎眼睛貓笑起來：

「匹諾曹，你真是鄉下佬，這裡正是騙子和強盜的地方呀！當然，這也是木偶們玩兒的地方！」

匹諾曹聽見蹺腳狐狸和瞎眼睛貓說他是「木偶」的時候，心裡更加惱怒了，他正想放開羅斯姑娘，去打蹺腳狐狸和瞎眼睛貓的時候，忽然另外一個聲音又叫他了：

「喂，匹諾曹，想不到會在這裡碰到你呀！」

匹諾曹又轉過臉去看，原來是士兵們的大獵狗阿拉亭。匹諾曹向阿拉亭說：

「阿拉亭，替我抓住蹺腳狐狸和瞎眼睛貓，因為他們是騙子。」

可是阿拉亭說：

「木偶匹諾曹，要是在這裡抓起人來，那麼，連我也要被抓去了呀！唉唉，這裡是罪犯玩的地方，木偶匹諾曹，你難道不曉得麼？」

匹諾曹真是憤怒，為什麼阿拉亭要叫他「木偶」呢？他不是個「木偶」，他是個好好的人呀！他正要向阿拉亭說的當兒，可是一聲霹靂似的鼓聲，又響了起來了：

「嘭！」

匹諾曹和羅斯姑娘，還有，蹺腳狐狸和瞎眼睛貓，還有，阿拉亭和那隻黃鼠狼，還有，……總之，所有跳舞的青年男女，都抱著跳了起來，一直跳到頭頂碰到天花板上，彈了下來。可是，那「澎澎澎」的聲音，卻連續不斷地響著，這「舞池」裡的跳舞的人們，便七上八下地跳到天花板上去，於是又把他們彈下來——這就是他們跳的「升天舞」。

這當兒，大家唱起歌來了：

我們是騙子！
我們是強盜！
既是走狗！
也是魔鬼！

可是匹諾曹和羅斯姑娘卻唱著：

我們是木偶！

那樣「嘭嘭嘭」地跳著，那樣「唏哩花啦」地唱著，一直到深夜的時候，才算停止下來。匹諾曹和羅斯姑娘坐到那小巧玲瓏的圓桌子邊，又喝了一杯甜蜜的紅葡萄酒，於是羅斯姑娘說：

「我的親愛的匹諾曹呀！時間還早，我們到金不靈咖啡館去喝熱牛奶吧！那邊，非常幽靜，我們可以去談談心呢。」

「好的，羅斯姑娘！現在，我相信，只有做『木偶』，才是真快樂呢。」

匹諾曹說到這裡，忽然聽見一種聲音：

「你今後會後悔的！匹諾曹！」

可是匹諾曹說：

「饒舌的蟋蟀，難道你再叫我留鬍子來麼？」

「對的，親愛的匹諾曹，你的話是對的，你不能再留起鬍子來了。我們走吧！」羅斯姑娘說。

他倆手臂勾著手臂，走出了紅黃藍白黑舞廳。匹諾曹的後面，傳來嘆息聲：

「唉！」

第六章

匹諾曹在金不靈咖啡館裡。

金不靈咖啡館果然很是幽靜，地板是橡皮做的，人們走起路來，可以聽不見聲音。有一間一間的小房間，剛好可以容兩個人坐，談起話來，不會妨礙別人。匹諾曹和羅斯姑娘在屋角揀了一間小房間，坐了下來。小房間裡有一個自來水龍頭。羅斯姑娘在桌子上拿起一隻杯子來，把龍頭一開，流出來的卻是熱騰騰的牛奶。羅斯姑娘替匹諾曹倒了一杯，大家就喝起熱牛奶來了。

他倆一邊喝著，一邊談著。

「我的親愛的匹諾曹呀，現在，你可真漂亮呀！是的，匹諾曹呀，我們一別十幾年，你怎樣過生活的呀！」羅斯姑娘笑眯眯地問。

「我自從不高興做『木偶』以後，就用功讀書。我想做一個於國家於社會有用的人，我的爸爸更希望我這樣，饒舌的蟋蟀真是我的好朋友，他常常鼓勵我。

可是，可是，可是，……」

啊呀，「可是」什麼呀？匹諾曹說不出來了。

後來，他到底「可是」出來了。

「可是，我現在變壞啦！我又是個『木偶』了！唉，這……」

羅斯姑娘不等匹諾曹說下去，連忙搶上去安慰匹諾曹說：

「匹諾曹呀，你真是個傻子，你的思想古裡古怪，你沒有變成一個『木偶』呀！你還是一個很好很好的人呀！你對國家，對社會，一定有許多許多用處呢！匹諾曹呀，你不要傷心。」

「對的，木偶匹諾曹，你是用不到傷心的，……」

匹諾曹抬起頭來，是的，這是誰講的話呀？在這間小房間裡，除了他和羅斯姑娘外，是沒有別的人了。那麼，這話是誰講的呀？匹諾曹問羅斯姑娘：

「羅斯姑娘，這是誰講的話呀？」

羅斯姑娘也不知道。可是正在這時候，一塊板移到右邊去了，蹺腳狐狸和瞎眼睛貓原來是在隔壁的一間小房間裡。現在，兩人一間的小房間，變成四人一間的大房間啦！

匹諾曹一看見是蹺腳狐狸和瞎眼睛貓，心裡頓時憤怒起來，他叫道：

「你們是騙子！……」

匹諾曹話猶未完，蹺腳狐狸和瞎眼睛貓卻笑起來了：

「哈哈！哈哈！哈哈！哈哈……」

於是，蹺腳狐狸說：

「木偶匹諾曹，你真是個鄉下佬，在這個紳士的社會裡，越是做騙子的，越是大人物哪！」

「真的呢，木偶匹諾曹，蹺腳狐狸的話是一點兒也不錯的。現在，我們都是國際聞名的大人物了！蹺腳狐狸是有名的銀行經理，而我呢，誰都曉得的，是交際名花呀！木偶匹諾曹，你……」瞎眼睛貓說。

匹諾曹真是不高興，為什麼他們盡是叫他木偶、木偶呢？匹諾曹說：

「我不是木偶，我是個堂堂皇皇的人！」

「啊呀，我們是尊貴你，所以才叫你是木偶呀！現在這個世界，只有木偶才配做皇帝，才配做大總統，才配做委員或是部長的！」蹺腳狐狸笑著說。

「真的麼？」羅斯姑娘問。

「這會騙你們的麼？」瞎眼睛貓說。

「木偶匹諾曹，你不要恨我，不要為了四塊金洋恨我，我明天介紹你到一個市場去，那邊受歡迎的就是木偶，你一到那邊去，就有做皇帝或做大總統的希望。因為你是這樣的能幹，聽說，你讀過很多書，那更是了不得！木偶匹諾曹，你要去不要去呢？」蹺腳狐狸說了，就舉起熱牛奶來喝。

羅斯姑娘快樂地問：

「怎麼不要去呢？我的匹諾曹要為國家為社會做些事業；如果做皇帝，或做大總統，不正是可以替國家，替社會，做一番大事業了麼！」

「對的，羅斯姑娘，你真是一個好女木偶。我看你是愛上了木偶匹諾曹了。是的，將來匹諾曹做了皇帝，你就是皇后啦！」蹺腳狐狸蹺蹺大拇指說。

匹諾曹一聽見他有做「皇帝」或者「大總統」的希望，不知怎的，心裡快樂起來了。「皇帝」他只有在故事書裡讀到過，現在，匹諾曹自己也可以做「皇帝」啦！這樣，一定也會有人來給他寫「故事」啦！哈哈！真是開心！真是開心呀！

匹諾曹就伸手去握著蹺腳狐狸的手，說：

「蹺腳狐狸，過去的四塊金洋，我就不問你討還了。那麼，你得告訴我，那個市場叫什麼名字？在什麼地方呢？」

「好的，好的。不過，木偶匹諾曹，你如果做了皇帝，那麼，財務大臣可一定要委我做的呀！」蹺腳狐狸這樣說。

「這總可以辦到的。不過，你快點告訴我那個市場的名字，和它在什麼地方呀！」匹諾曹急切地問。

蹺腳狐狸看了看瞎眼睛貓，瞎眼睛貓戴了一副特別眼鏡，就什麼都能看見了。她看見蹺腳狐狸看著自己，就點了點頭。於是，蹺腳狐狸就對匹諾曹說：

「明天晚上十二點鐘，你到墮落路下井旅館去等我，我會領你們去的。」說了，板又移過來了。於是，只有匹諾曹和羅斯姑娘在一間小房間裡了。

「匹諾曹！我的親愛的匹諾曹！你一定會做皇帝的！啊，匹諾曹！我的親愛的匹諾曹呀！」羅斯姑娘高興地叫著。

匹諾曹也十分高興，他站了起來，對羅斯姑娘說：

「那麼，你一定是我的皇后啦！」

羅斯姑娘站了起來，對匹諾曹甜蜜地笑了笑。

「匹諾曹，你這木偶，你一定會後悔的，到那時，已經來不及了！」

匹諾曹憤怒地叫道：

「饒舌的蟋蟀，你不得無理，從明天起，我就要做皇帝了！」

第七章

從下井旅館出發去市場。

第二天晚上十二點鐘，匹諾曹和羅斯姑娘到了下井旅館，蹺腳狐狸和瞎眼睛貓果真已在等他們了。

「啊哈，木偶匹諾曹，你們來了麼？現在我們可以去了，紅黃藍白黑舞廳的樂隊指揮大胖子車夫，也帶了他的精美的車子來了。現在，我們閒話少說，我們去吧？」

蹺腳狐狸說了，就向一塊空場上叫道：

「大胖子車夫，把你的車子趕來吧！」

立刻，一輛顏色不同的十二對小驢子拖的車子過來了。小胖子車夫揚揚鞭子，笑眯眯地對匹諾曹說：

「木偶匹諾曹，好久不見啦！聽說你要到木偶大市場去拍賣，那真是再好也沒有了！可是，將來你做了大總統，可別忘了我大胖子車夫呀！」

匹諾曹聽了大胖子車夫的話，非常生氣。「真的，你說的什麼話呀？我木偶匹諾曹是去做皇帝或者大總統的，怎麼會去『拍賣』呢？」匹諾曹正要向大胖子車夫責備的當兒，只聽見蹺腳狐狸向下井旅館裡大叫道：

「要到木偶市場去的木偶，快點下來啦！第一班小驢子車即將開行了！」

這樣一叫，下井旅館裡立刻衝出很多木偶來，有胖的，有瘦的，有高的，有矮的，……形形式式，看去真是好看。他們一個個跳到小驢子車上去。

匹諾曹和羅斯姑娘正要跳上小驢子車上去的當兒，忽然瞥眼瞧見哈爾昆和潘卿羅。匹諾曹和羅斯姑娘高聲叫道：

「哈爾昆、潘卿羅！」

哈爾昆和潘卿羅聽見有人叫他們，都轉過頭來，一見是匹諾曹和羅斯姑娘，他們是多快樂呀！連忙過來握著他們的手問：

「啊呀，匹諾曹呀！我們好久不見啦！真的，你一向好麼？」哈爾昆握著匹諾曹的手問。

那邊，潘卿羅握著羅斯姑娘的手問：

「羅斯姑娘呀！我們一別五年，您好麼？」

「很好，很好。你不曉得麼？我已和匹諾曹結婚啦！」羅斯姑娘得意地說。

「什麼，你們結婚了麼？」哈爾昆握著匹諾曹的手，驚喜地問。

「對的，我們結婚了！」匹諾曹驕傲地回答。

「啊，真是一對好夫妻呀！」潘卿羅羨慕地說。

「那麼，哈爾昆，潘卿羅，你們一向好麼？」羅斯姑娘問。

「謝謝你，我和哈爾昆好像兄弟一般，總是在一起的。哈哈，我們的生意著實不錯呢！」潘卿羅說。

「你們的本領可真強呢。你們不知道麼？我的匹諾曹一向在讀『社會主義』的書呢！你們想，傻不傻？」羅斯姑娘說。

「唉！匹諾曹，『社會主義』的書是不好讀的，讀了它，一生沒出息，只有貧窮，只有被殺頭的危險！」哈爾昆搖搖頭說。

「讀那種書的人，說是要革命。可是革命有啥革頭呢？像我們，天南地北到處闖，過的是舒適的生活！……」

潘卿羅還未說完，忽然饒舌的蟋蟀怒叱他們道：

「你們是木偶，只是任人玩弄，總有一天，你們會滅亡的！」

「這，這，這，……」

沒有「這」下去，蹺腳狐狸叫了起來：

「喂喂！你們四個木偶，難道不要上車，打算講一百年的話了麼！快點上車，我要叫大胖子車夫開車啦！」

匹諾曹，羅斯姑娘，哈爾昆和潘卿羅，立刻跳上了車。大胖子車夫把手中的鞭子高高地一揚，叫了聲「駕」，十二對顏色不同的小驢子，把小耳朵一豎，就飛起蹄子來，把一車的「木偶」拉著走了。

第八章

在木偶市場裡，匹諾曹被人買去做大總統了！

天還未大亮之前，木偶匹諾曹在小驢子車上，忽然聽見一陣陣暄鬧聲，匹諾曹心裡非常害怕，——這是什麼聲音哪？

哈爾昆這個老資格的木偶，快活地歡叫道：

「木偶大市場到了！」

全車的木偶們，一聽見哈爾昆的話，都拍手高聲叫起來：

「木偶大市場到啦！」

匹諾曹和羅斯姑娘快活極了，跟著大家歡叫。

木偶大市場的門口，電燈照得像白天一樣光亮。大胖子車夫高坐在車上，嘴裡喊了一聲，鞭子向天空中一揚，小驢子車飛也似地穿進木偶大市場的大門。

大胖子車夫把鞭子向十對顏色不同的小驢子的身上一揮，車輛就立刻停了下來了。於是，他向車裡的木偶們叫道：

「木偶老爺們，拍賣大市場到了，快點下來吧！」

木偶們紛紛跳下來。匹諾曹和羅斯姑娘攙著手，哈爾昆和潘卿羅並肩走著。他們向一個大廳堂裡走去。

大廳堂裡擠著很多木偶，有一個大漢子站在一隻高臺上，手裡拿著一塊大拍板，「啪」地一下，於是就哇啦哇啦地叫起來。

「啊呀，這不是木偶大戲院的經理食火者麼？他怎麼也會在這裡的呢？」匹諾曹叫了起來。

哈爾昆對匹諾曹說：

「匹諾曹，我們這個經理先生，現在已成為世界聞名的『木偶大老闆』了！今天我們碰到他，我們的運氣可來啦！」

「怎麼呢？」羅斯姑娘問。

「我們不是都很熟悉的麼？過去我們是他的戲班子，不知替他賺了多少錢，今天我們要求做大總統，不是很容易了麼？」哈爾昆回答著。

「啊，真的，哈爾昆，你的話很對。我們一定要求食火者給我們做大總統。」

匹諾曹高興得什麼似地，盡是揮著手叫。

可是潘卿羅卻憂愁地說：

「我們四個都是老朋友了，我們頂好能夠常在一起，那多好呀！」

羅斯姑娘點點頭，也表示同意：

「對的，我們頂好是在一起。」

這時候，食火者把鈴搖了起來，接著，又把拍板向桌子上狠狠地拍了起來，叫道：

「誰要做哈嘉大總統？一百萬！」

匹諾曹一聽見「大總統」三個字，立刻跳起來，想要叫，「我要做！我要做！」可是哈爾昆卻阻止他道：

「匹諾曹，不要性急，等一等。我們不是四個人頂好在一起麼？那麼等一等，看看有什麼好地方叫我們四個人一道去。」

匹諾曹點了一點頭。這時候，有個小鬍子的矮個子，叫了起來：

「我要做！我……」

「好，你過來，站在這個欄杆裡，等一會把你送到叫哈嘉的地方去！」食火者像老虎一樣地吼叫著。

那個小鬍子的矮個子木偶，喜氣洋洋的，就跳進欄杆裡去了。

食火者又叫了起來：

「現在，孟納興，大將軍，一千萬！丹納，總理，也是一千萬！」

「我要做！……」

「我要做！……」

食火者把拍板一揮，只見兩個木偶，像運動場上的跳欄運動賽手一樣，跳到欄杆裡面去了。

食火者又像老虎一樣地吼叫了。匹諾曹心裡真是著急，他嘆著氣，說道：

「唉，好的都給人搶去了！我們……」

哈爾昆和潘卿羅連忙安慰匹諾曹說：

「匹諾曹，你不要焦急。這個世界，照『社會主義者』說來，是已要到快完結的時候了，可是照我們木偶看來，恰恰是我們木偶頂頂交運的時候！所以，匹諾曹，你儘管不必焦急。我們聽食火者吼叫吧，這個老滑頭，常常把頂好的位置放在後面的。」

匹諾曹不耐煩地等了好久，果然，食火者的臉孔一亮，吼叫了出來：

「現在，遠東有個國家，需要三個大總統，誰要去的，每個大總統，一百塊！」

「哈哈哈哈！一百塊！真蹩腳！」全廳堂的木偶都大笑了起來。

可是食火者不笑，臉孔只是一亮一亮地，向著全廳堂的木偶們看著。

「這老滑頭，一定又在玩的什麼花招了！」潘卿羅說。

「我們四個人去吧！」哈爾昆對大家說。

大家都點了點頭。於是匹諾曹，哈爾昆和潘卿羅，就向食火者叫道：

「食火者，我們去！」

食火者向木偶們的頭上望過來，一見是他的夥計們，頓時快活地叫了起來：

「啊哈！你們這批小鬼們，原來也到這裡來做買賣了麼？好的，好的，快過來！快過來！」

匹諾曹攙著羅斯姑娘，跟著哈爾昆和潘卿羅一起跳過去了。食火者用雙手迎接他們道：

「啊唷，匹諾曹，聽說你是個有學問的人了，你爸爸給你讀了很多很多的書，現在，你也來做買賣了麼？哈哈哈哈！可見現在這個世界上有學問的人，也不算什麼希奇了！」

羅斯姑娘不高興地說：

「老滑頭，不要說廢話吧！我們是來做大總統的，不是來聽你這些廢話的。」

「啊，羅斯姑娘，你這樣袒護匹諾曹，為著什麼呢！」食火者笑著問。

「她要做總統夫人呀！」潘卿羅調笑地說。

「哦，原來你已經嫁給匹諾曹了麼？啊，那很好，很好。告訴你們吧，這三個大總統，價錢雖然便宜。可是，聽說那個遠東的國家，是很大很大的。你們三個去做大總統，只要聽小鬍子的話，那邊老百姓多，儘管刮錢不妨，人家有一百萬、一千萬，你們就有一萬萬呢！」食火者快活地說。

「是麼，我原說這老滑頭一定在玩什麼花招，現在不是給我猜到了麼？」

大家一聽見哈爾昆這話，都非常快活，大家就相抱起來跳舞了。

「不要快活，你們的末日到了！」饒舌的蟋蟀大聲叫著。

匹諾曹立刻憤怒地罵饒舌的蟋蟀道：

「不准你多說，我會殺死你的！」

「你是殺不死我的，我的兄弟住滿全世界各處地方。你雖然殺死我一個，可是我有千千萬萬的兄弟們活著呀！」

「不要去聽這屁話，我們來歡笑吧！」羅斯姑娘說。

於是木偶們笑起來了：

「哈哈哈哈！」

第九章

小鬍子領了木偶們到長裡長外國去。

木偶大市場的交易做完了，食火者就領了匹諾曹，羅斯姑娘，哈爾昆和潘卿羅，去見小鬍子。

小鬍子是在一間大房間裡，他坐在一隻大沙發裡，正在抽一支大雪茄煙。看見食火者領了木偶們進來了，兩隻眼睛裡發出亮亮的光來，看著木偶們。食火者走到小鬍子的跟前，恭恭敬敬地向他行了三個鞠躬禮，說道：

「小鬍子先生，你要的木偶們現在已經來了！」

小鬍子點了一點頭，抽了一口煙，向木偶們又看了一眼，忽然從大沙發裡跳了起來，向食火者說道：

「喂喂，食火者先生，我只要三個木偶，為什麼你領來四個呢？」

食火者又恭恭敬敬地向小鬍子說道：

「小鬍子先生，這位是羅斯姑娘，她是這位匹諾曹先生，啊，不，是這個匹諾曹木偶的老婆。啊，是的……」

「唔，是這樣麼？」小鬍子向羅斯姑娘看了一眼，就又坐到大沙發裡去了。

木偶們呆呆地站在小鬍子跟前，看他抽雪茄煙。小鬍子抽足了雪茄煙，就站了起來，向食火者道：

「我要檢驗檢驗這幾個木偶們的身體，不要是生肺癆病的。我希望他們能夠長命百歲才好呀！至於你的酬報，我來給你開支票，你到銀行裡去拿好了！」

說了，小鬍子就從懷中取出一本支票簿來，開了一張支票給食火者。食火者拿了支票，就向小鬍子鞠了三個躬，說：

「謝謝你，小鬍子先生！以後如有生意，請到我的木偶大市場來好了。」

說著，就退出大房間去了。

這裡，小鬍子就用兩隻手指，先在匹諾曹的頭上彈了兩彈：「禿禿！禿禿！」

「唔唔，你叫匹諾曹麼？」

「是的。」匹諾曹恭恭敬敬地回答。

「你，你很不錯，不過有點糖尿病。」

於是小鬍子就去彈哈爾昆的頭了，也彈了兩彈：「空空！空空！」

「哈哈！你是哈爾昆！好！好！」

於是去彈潘卿羅了。彈了兩彈，「洞洞！洞洞！」

「哈哈！你是潘卿羅！也不錯！不錯！」

於是，小鬍子在羅斯姑娘的頭頂上，彈了四下：「冬冬！冬冬！」

「你是匹諾曹的老婆麼？很好！很好！」

小鬍子把木偶們的身體都檢驗好了後，就對他們說道：

「你們，我的親愛的朋友呀！我買了你們來，希望你們忠心於我，我給你們的錢雖然只有一百塊一月，可是你們要用錢，儘管開賬給我好了！我們是矮裡矮外國，現在正在跟長裡長外國打仗，那個國家好不講理，竟敢跟我們矮裡矮外國的軍隊抵抗，到現在有好幾年了，弄得我們實在有點吃不消！所以我們請你們去，要你們設法消滅長裡長外國的抵抗勢力。啊，對了，我聽食火者說，你們也是長裡長外國的人，那更好。並且，你們一向做木偶的投機生意的，所以門檻一定很精，你們自有巧妙的方法的。我希望你們到了長裡長外國，能夠給我一個計畫，怎樣消滅長裡長外國的抵抗勢力！我相信，匹諾曹一定能夠給我們一個更好的計畫的，因為匹諾曹不是讀過很多很多的書麼？」

「我一定想出一個很好很好的計畫來，包你滿意就是了！」匹諾曹說。

「那麼哈爾昆和潘卿羅，你們也一定要有個很好很好的計畫才行呀！你們雖然是老資格木偶了，不過，唔唔，你們的手法舊了一點。是的，要新一點才好呀！」

「是的！是的！小鬍子先生！」哈爾昆和潘卿羅一齊回答著。

「現在，你們跟我到長裡長外國去吧！你們的總統委任狀，要等到我們的陸軍大臣發下來，大概不會很長久的！」小鬍子這樣說著。大家就一道到了屋外。外邊停著一群驢子。小鬍子說：

「我們每人騎一匹驢子去。」

於是大家各自選了一匹驢子，騎了上去。小鬍子用鞭子打了驢子屁股一下，驢子向前飛也似地奔去了。大家都學著小鬍子的樣，各把鞭子向驢子的屁股上抽去，嘴裡叫道：

「臭驢子！向前去！」

可是這匹臭驢子卻哀哀地叫了起來：

「匹諾曹，你不要打我呀！」

這可把匹諾曹嚇了一大跳。「咳咳，怎麼啦！這匹驢子怎麼會認得我的呢？啊啊，對了，我過去也變過驢子的莫非這匹驢子跟我認識麼？」匹諾曹自語著。

「喂喂，你這匹臭驢子，你怎麼認得我的呀？」匹諾曹問。

「我是你的同學，名字叫蠟燭心。你還記得麼？我和你乘了大胖子車夫的十二匹小驢子的車子，一同到玩物國去玩耍，後來我們都變了驢子。可憐我直到現在還是一匹驢子呢。唉唉，匹諾曹，我真後悔，當初為什麼要乘大胖子的車子呢？乘了大胖子的車子，一定沒有好結果的！」這匹驢子哀哀地說著。

「啊，你是蠟燭心麼？唉，可憐的，你怎麼一直變做驢子呢？我到長裡長外國後，一定設法把你變成一個人。不過現在，你要讓我騎到長裡長外國去！」

「好的！好的！匹諾曹，你要救我。」蠟燭心說。

「我一定要救你的！不過，你要忠心地替我做事。」

「那一定的！那一定的！」

「朋友們！我們加一鞭，我們要快點到長裡長外國去呀！」

於是大家加了一鞭，驢子們就飛也似地向長裡長外國奔去了。

第十章

木偶們到了長裡長外國。

小鬍子領了木偶們到了長裡長外國。長裡長外國的官員都來歡迎他們。

匹諾曹挺了挺胸脯，他的「司的克」揮呀揮的，他的黑皮鞋「格篤格篤」的踏著，攙著羅斯姑娘的手臂，神氣真是十足。可不是麼，匹諾曹要做大總統啦！可是，對，要是做「皇帝」就更夠味兒呀！

長裡長外國的官員們，和匹諾曹，羅斯姑娘，哈爾昆以及潘卿羅一一握手。他們都說道：

「歡迎你們！歡迎你們做我們的奴隸頭腦！」

木偶們都高興地回答：

「那一定的！那一定的！」

於是，大家坐進汽車裡了。匹諾曹，羅斯姑娘和小鬍子坐在第一輛汽車裡，喜喜和哈爾昆坐在第二輛汽車裡，原原和潘卿羅坐在第三輛汽車裡，他們到矮裡矮外國人的一個特別機關裡去了。

特別機關到了，大家都走了進去。小翳子嘰哩呱啦地跟喜喜原原講了一通話，於是喜喜說了：

「哈爾昆，你跟我到剝皮地方去做大總統。」

原原說：

「潘卿羅，你跟我到軟病地方去做大總統。」

他們都去了。

匹諾曹就對小翳子說：

「那麼我到什麼地方去做大總統呢？」

小翳子說：

「這個，這個，是的，是的，嗯嗯，唔唔，是的，是的，唉……」

咦咦，這，這算什麼話呢？匹諾曹性急地說：

「喂喂，小翳子先生，你，你這算什麼話呢？」

「我，我是說，哈爾昆和潘卿羅，他們是老資格木偶了，所以他們立刻可以去做大總統！至於你，匹諾曹，你雖然一生出來就是個木偶，不過，不過，唉唉，不過……」

這，這真是在開玩笑呀！「不過」什麼呢？匹諾曹跳了起來說：

「小鬍子先生，你『不過』什麼呢？」

「是的，我說，我們明天要到跳海地方去，那邊的抗矮勢力很大，我要看看你的本領大不大？能不能消滅那邊的抗矮勢力？嗯嗯，是的，我的『不過』，就是如此呀。」小鬍子說出了這一大堆的道理來。

匹諾曹看了看羅斯姑娘，羅斯姑娘就說了：

「這有什麼難呢？小鬍子先生！包在我們的身上，我們一到跳海的地方，一定把那邊的抗矮勢力打倒！不過，唉唉，不過……」

羅斯姑娘也「不過」起來啦！可是小鬍子把他的鼻子下面的小鬍子撚了幾撚，笑嘻嘻地說道：

「不過要錢，是不是麼？」

羅斯姑娘笑了起來，說：

「可不是麼，沒有錢，怎麼好辦事呢？」

「那很容易，只要把抗矮勢力打倒，把整個長裡長外國的抗矮勢力打倒，一點點錢算得了什麼呢？」小鬍子一本正經地對他們說。

匹諾曹忽然想起了另一件事來，對小鬍子說：

「對了，小鬍子先生，我小時候有位同學，他的名字叫做蠟燭心，現在變成一匹臭驢子，就是我騎到這裡來的，你能不能設法把他變成一個人呢？要是他能夠變成一個人，那麼，他一定會幫助我們做很多很多的事情的。」

小鬍子想了一想，說：

「那可以，那可以，我明天把他送到野獸醫院去請獸醫生看一看，包你可以把它變成一個人的。」

匹諾曹快活極了！他立刻說道：

「好的，小鬍子先生，你快點去把蠟燭心送到野獸醫院去，等他變成一個人以後，我們要來計畫一下，怎樣把長裡長外國的抗矮勢力剷除乾淨！」

「好，我現在就去，你們就住在這裡吧！」

小鬍子說了，向門外走去。

匹諾曹見小鬍子走了，快活得跳起舞來，他對羅斯姑娘說：

「今天，我才曉得，做木偶是多麼快活的一樁事情呀！回想起我小時候，做了木偶，雖然吃了些苦頭，可是還很快活呀！作家柯羅狄，還替我寫了本童話，叫做《木偶奇遇記》，聞名全世界，誰都曉得木偶匹諾曹就是我。後來，我聽了粟米蛋糕爸爸的話，還有那個可惡的饒舌的蟋蟀，一天到晚纏著我，十幾年，我努力讀書，又有誰曉得我匹諾曹呢？幸虧在花花公園碰到你，使我又享受到小時候做『木偶』時代的快活，不，更快活了！啊啊！羅斯姑娘，我真感謝你！」

匹諾曹正要擁抱羅斯姑娘，不料饒舌的蟋蟀卻說話了：

「匹諾曹，你會後悔的，可是到那時候，你就來不及啦！」

「不准你胡說！這兒長裡長外國正在同矮裡矮外國打仗。你敢在這裡胡說八道麼？」匹諾曹憤怒地說。

「長裡長外國的人民為了不做奴隸而打仗，而流血，而犧牲，這是英勇的行為。現在，矮裡矮外國總是打敗仗，小鬍子才叫你們幾個木偶出來，設法消滅抗矮勢力。可是連矮裡矮外國也消滅不了長裡長外國的抗矮勢力，你們幾個木偶能消滅得掉麼？唉唉，你們……」

饒舌的蟋蟀還沒有說完，匹諾曹跳起身來，看見桌子上有一把茶壺，就抓了起來，向饒舌的蟋蟀打去。可憐的饒舌蟋蟀，竟被匹諾曹打死了！

可是，忽然又有一隻饒舌的蟋蟀出現了，他大叫道：

「匹諾曹，我們是死不完的！」

第十一章

匹諾曹、羅斯姑娘和蠟燭心商量消滅「抗矮」勢力。

現在，蠟燭心已變成一個人啦。蠟燭心真是快活，向匹諾曹拜了四拜，說：

「匹諾曹呀！你是我的最大的恩人，我此生永不忘掉你，我要為你精忠服務。」

匹諾曹只笑笑，說：

「我們明天就要到跳海地方去，那裡的抗矮勢力很強。小鬍子說的，如果我們到了那裡，把那邊的抗矮勢力消滅乾淨，那麼我就可以做大總統。哈哈，蠟燭心，如果我做了大總統，那我一定叫你做『外交部長』，你覺得好麼？」

蠟燭心見匹諾曹既把他從驢子變做人，現在，又要叫他當官，心裡真是一萬萬分的快活，就連忙又向匹諾曹拜了四拜，說道：

「叫我不知道怎樣感謝你才好呢！」

「只要忠心於我的匹諾曹就是了！」羅斯姑娘說。

「那一定的。」蠟燭心又卑屈地行了一個鞠躬禮。

第二天，匹諾曹帶了羅斯姑娘和蠟燭心，跟著小鬍子到了跳海地方。

在一間大房子裡，小鬍子說：

「匹諾曹，這裡是你們辦公的地方，現在，你們在這裡好好地給我們想出一個消滅抗矮勢力的辦法來吧！」

「好的！好的！」匹諾曹站起身來，恭恭敬敬回答道。

小鬍子出去了。於是，匹諾曹和羅斯姑娘，還有蠟燭心，一起商量消滅跳海地方的抗矮勢力來了。

可是，怎樣消滅這些抗矮勢力呢？要是沒有這些抗矮勢力，豈不是匹諾曹好當大總統了麼？而羅斯姑娘呢，也就好當總統夫人了；至於蠟燭心，就可以當「外交部長」啦！

抗矮勢力真是討厭哪！

大家在大房間裡踱呀踱的，想著消滅抗矮勢力的辦法。匹諾曹老是敲著他的橡木做的頭，可是怎麼也想不出好辦法。羅斯姑娘也想不出來，蠟燭心卻在想著：

要是當了「外交部長」，那該是多麼快樂呀！
匹諾曹一籌莫展，又惱又怒。他用拳頭敲敲他的橡木做的頭，大叫道：
「殺掉那些抗矮的人！」
這一來，羅斯姑娘卻想出一個辦法來了：
「對的，我們組織一個殺人團，專門去殺那些抗矮的、反對我們的人！」
蠟燭心也跳了起來叫道：
「對了！對了！殺掉他們！殺掉他們！今天我看見報上，有人寫文章鼓吹什麼抗矮救國，煽動人們起來反對我們，真是豈有此理！是的，我們要殺掉他們！」
「什麼，報紙在反對我們麼？」匹諾曹憤怒地說。
大家都默然了。又一起在房裡踱呀踱的。
蠟燭心忽然想出了一個辦法：
「我們也來辦報紙吧，一則可以說明我們不要抗矮的大道理，二則可以收買民心。」
「啊，這真好！這真好！」匹諾曹叫了起來。
「可是，」羅斯姑娘有點憂慮，說，「可是我們不會辦報呀！」

「叫人來辦呀！」蠟燭心說。
「誰會肯呢？」羅斯姑娘還是憂慮地說。
「怎麼會不肯呀？我們有的是錢，那些像蒼蠅見了糞一樣的人，見了錢自然而然會來的呀！」匹諾曹拍拍桌子說。
說到這裡，蠟燭心叫了起來：
「對了，我們有的是錢，我們要辦報紙，我們要組織個殺人團，我們還要收買那些貪錢貪財的人，叫他們一齊來替我們說話。哈哈哈哈，這不是很好麼？」
「啊，這的確是很好的！」羅斯姑娘也叫了起來。
「如果他們不來，我們就叫殺人團去殺掉他們！」蠟燭心說。
「對呀！」匹諾曹和羅斯姑娘一同叫了起來。
大家非常快樂，三個人在大房間裡，就跳起舞來了！
「我們就把這方法告訴小鬍子吧，要他拿出錢來！」匹諾曹說。
「是的，要他拿出錢來！」羅斯姑娘和蠟燭心一齊叫著。

第十二章

匹諾曹派蠟燭心去打電報。

大家在快樂地跳舞、叫喊的時候，小鬍子忽然進來了。小鬍子看見大家這麼高興，他心裡也就高興起來了。他心裡想：

「他們一定想出好辦法來啦！」

於是小鬍子問他們道：

「你們想出什麼好辦法來了沒有？」

「想出來啦！想出來啦！」大家叫著。

「什麼好辦法呢？」小鬍子問。

「我們要組織個殺人團，殺掉那些抗矮反矮的壞蛋！」蠟燭心說。

「我們要辦一張報紙，宣傳我們不抗矮要聯矮的主張！」匹諾曹說。

「我們還要收買一批貪錢貪財的人到我們這裡來，……」羅斯姑娘因為跳舞，沒了氣力，因此，她說著說著就說不下去了。

小鬍子拍拍手，快活地說：

「喂喂，你們慢慢兒，你們好好地告訴我呀！」

匹諾曹喘著氣，他雖然還沒有做大總統，可是他命令起蠟燭心來了：

「蠟燭心，把我們的好辦法，一五一十地告訴小鬍子先生吧！」

「好！」

於是蠟燭心就一五一十地把他們剛才想到的好辦法，詳詳細細地告訴了小鬍子。小鬍子聽了，很快活地說：

「好的，你們一面依照你們的辦法去做，一面還要好好地想出更好的辦法來呀！」

「那當然，那當然。」匹諾曹說。

「不過，」羅斯姑娘說，「我們沒有錢，怎麼能夠辦報，殺人，收買人呢？」

「對了，」小鬍子叫了起來，「我給你們錢就是了！只要消滅了抗矮勢力，一點點錢算得了什麼呢？」

大家聽了小鬍子的話，真是高興得很，於是三個人，都擁抱起小鬍子跳起舞來了。小鬍子跳不動舞，因為他三天沒有睡覺，到處搶劫長裡長外國人民的錢財，成天吃喝玩樂。小鬍子叫了起來：

「好了！好了！我跳不動舞啦！」

大家就停了下來。小鬍子向他們告辭，說要去拿大批從長裡長外國人民那裡搶劫來的錢財，給匹諾曹他們組織殺人團，辦不抗矮的報紙，還有，去收買一些只曉得要錢、像蒼蠅一樣齷齪的人。

小鬍子去了後，羅斯姑娘問：

「我們叫誰負責做殺人團的團長呢？」

匹諾曹說：

「請蠟燭心來負責吧！」

蠟燭心一聽這話，全身抖了起來，他說：

「啊呀，我只會出出主意，辦辦外交，叫我拿了手槍去殺人，我卻不敢呀！」

匹諾曹有點不快活，說：

「你真沒用！」

蠟燭心一見匹諾曹不快活，恐怕「外交部長」做不成，心裡著慌了，他連忙想到了一個法子，說：

「匹諾曹！你不要不快活，你不要說我沒用。你以為我們這樣做，不是在殺人麼？也是在殺人呀！不過，我們不是在用刀用槍殺人呀……」

蠟燭心沒有說完，羅斯姑娘卻叫道：

「蠟燭心！你這話說得真是豈有此理！我們不是在殺人，我們是在救人！」

「對呀，」匹諾曹說，「我們要勸長裡長外國不要和矮裡矮外國打仗，這不是在救人麼？唉唉，打仗才是殺人呀！」

「這是屁話！你們只是要叫長裡長外國的人民做奴隸，讓矮裡矮外國的軍閥剝削，給你們這些木偶們享樂！」

大家吃一驚，——這是誰講的話呀？匹諾曹抬頭一看，右邊屋角上，饒舌的蟋蟀正睜大他的發怒的眼睛，不停地說著。

「混蛋！」匹諾曹發狂一樣地叫了起來，他拿起一隻小檯鐘，向饒舌的蟋蟀砸去：

「打死你這個可惡的壞蛋！」

饒舌的蟋蟀被打死了，跌落在地板上。

「你們是打不死我們的兄弟的，匹諾曹！」

咦，這又是誰在講話呀？大家抬頭一看，原來左邊的屋角上，又有一隻饒舌的蟋蟀出現了。匹諾曹抓起一隻墨水瓶，正要打去的時候，那隻饒舌的蟋蟀已經不見了。匹諾曹氣得要命，羅斯姑娘安慰他說：

「我的未來的大總統匹諾曹呀！請你不要生氣！」

蠟燭心心裡很慌張，因為都是他的話，才引出那隻可怕的饒舌的蟋蟀來的。他連忙向匹諾曹說：

「匹諾曹呀！我們為什麼不打個電報叫蹺腳狐狸和瞎眼睛貓來呢？他們是有名的騙子，也是出名的刺客。」

「啊，對了，我倒忘了！是的，叫他們來！叫他們來！」匹諾曹不氣了，他又快活了。

羅斯姑娘忽然想到阿拉亭，說：

「叫阿拉亭來替我們辦報紙吧！這隻狗是很聰明的，他曾經讀過好多好多的書呢。」

「啊，對了！我倒忘了！是的，叫阿拉亭來！叫阿拉亭來！」匹諾曹更加快活了。

「打一個電報去叫他們來！蠟燭心，你去打！你去打！」匹諾曹快活得要發狂了。他又說道：

「他們一到，我們的天下就可以坐定了！」

蠟燭心見匹諾曹快活了，才放下心來，他乖乖地說：

「那麼，匹諾曹呀！我去打電報了！」

「好的，你快點去！快點去吧！」

蠟燭心就去打電報了。

第十三章

蹺腳狐狸，瞎眼睛貓和阿拉亭都來了。

沒有幾天，蹺腳狐狸和瞎眼睛貓來了，他們一見匹諾曹和羅斯姑娘，就狡猾地笑著說道：

「怎麼樣啦？木偶匹諾曹，這回我總沒有騙你了吧！你還要向我討還你的四塊金洋麼？」

匹諾曹趕忙謝了蹺腳狐狸和瞎眼睛貓，說：

「你們沒有騙我，我真是感謝你們，我不久就要做大總統了，小鬍子已經答應我了，只要我能夠把抗矮勢力打倒，大總統馬上就可以做了！唉唉，蹺腳狐狸，瞎眼睛貓大概是你的太太了吧？是的，蹺腳狐狸太太瞎眼睛貓呀！你們過去騙過我的四塊金洋，我哪裡還要你們還呢？我現在已是個富翁了！我有的是錢，四塊金洋算得了什麼呢？啊啊，蹺腳狐狸，瞎眼睛貓，你們是有名的騙子，出名的刺客，所以我請你們來，擔任殺人團的團長。……」

匹諾曹還沒有說完，蹺腳狐狸叫道：

「你請我們來做刺客，那是再適當也沒有了！在我們的手裡，不知殺死了多多少少有良心、有熱情、為著挽救他們的國家、為著改造他們的社會的人呢。是的，匹諾曹呀！你只要給我們錢，我們一定替你殺人就是了！」

「我們每天要殺死人的，不殺死人，簡直不能做蹺腳的狐狸，瞎眼睛的貓兒了！所以，匹諾曹呀，你儘管給我們錢，我們也儘量給你殺人就是了！」瞎眼睛貓這樣說了後，就伸出她的可怕的腳爪來，向空中抓了抓。

「啊呀！……」羅斯姑娘看見瞎眼睛貓的腳爪，嚇得叫了起來。

「哈哈，羅斯姑娘，你不要怕，我們不會殺死你的，因為你們給我們錢！」蹺腳狐狸豎起他的粗大尾巴，溫和地說。

「是的，我的親愛的總統夫人羅斯姑娘呀！你是用不到害怕的，他們是我們請來的朋友，他們不會殺死我們，他們是要替我們殺死反對我們的壞蛋們！不要怕，不要怕，我的親愛的總統夫人羅斯姑娘呀！」匹諾曹這樣安慰了羅斯姑娘。

瞎眼睛貓卻笑了起來：

「嘻嘻！羅斯姑娘真也太膽小啦！」

瞎眼睛貓瞥眼瞧見蠟燭心悉悉索索地發抖，瞎眼睛貓就笑著說：

「喂，蠟燭心，你也害怕麼？」

蠟燭心抖抖地說：

「活著多快活呀！像我們活著，可以向小鬍子拿錢，可以享樂一切，活著不是多快活麼？可是死，啊，死，這多麼可怕呀！啊，瞎眼睛貓，請你不要向我伸出你的腳爪吧！我怕，是的，我怕！」

匹諾曹見蠟燭心說出那些話來，心裡很不高興，說：

「你們都怕，我就不怕！瞎眼睛貓，請你伸出你的腳爪來，並且，抓抓我的喉嚨吧！」

瞎眼睛貓就伸出她的腳爪來，向匹諾曹的喉嚨管抓去。匹諾曹閉上眼睛，心裡跳個不停，可是他卻裝出不怕的樣子來。等到瞎眼睛貓收回她的腳爪，他就向大家說：

「不是麼，我就不怕！所以我是偉人，我要做大總統！」

蹺腳狐狸豎起他的粗大的尾巴，高興地說：

「匹諾曹是木偶中的英雄！我們要擁護他呀！」

「對的，我們擁護木偶匹諾曹做我們的領袖呀！」瞎眼睛貓舞著她的腳爪，叫了起來。

匹諾曹心裡真是快樂，說：

「蹺腳狐狸，瞎眼睛貓，你們替我殺光了抗矮的壞蛋，等我做了皇帝，——啊，不，大總統後，我一定請你們做內政部長，或者，員警大隊長！」

蹺腳狐狸和瞎眼睛貓很是高興，正要向匹諾曹說什麼的時候，忽然門外傳來一個聲音道：

「那麼，匹諾曹，你請我做什麼官呢？」

大家轉過頭去看，原來獵狗阿拉亭走進來了。他手臂下挾著一大疊報紙，笑嘻嘻地走進屋裡來，說：

「我的老朋友木偶匹諾曹，你說請我來替你辦報紙麼？」

大家一見是獵狗阿拉亭，都快活地大叫道：

「歡迎我們的獵狗，報業大王阿拉亭！」

阿拉亭把一大疊報紙放在桌上。他現在戴上一副金絲眼鏡了，因為據他說，他日夜研究「辦報學」，所以眼睛也研究得近視起來了。他說：

「我是專門替木偶們辦報紙的，經驗很豐富！要不是我的老友木偶匹諾曹來請，我是不會來的。剛才我聽見你們說，要叫蹺腳狐狸和瞎眼睛貓做內政部長，或者員警大隊長，那麼，我做什麼呢？」

匹諾曹說：

「你替我做的工作，和蹺腳狐狸、瞎眼睛貓一樣的重要。蹺腳狐狸和瞎眼睛貓是用刀或用槍殺死人們，而你，我的好獵狗阿拉亭，你卻用毛筆或者自來水筆殺死人們！你們的工作一樣重要，因此，等我一做大總統，我就請你做宣傳部長，好麼？」

獵狗阿拉亭搖了搖他的尾巴，快活地說道：

「只要有官做，有錢刮，有什麼不好呢？木偶匹諾曹，你也是這樣的呀！」

「當然，大家都是這樣的呀！」羅斯姑娘說。

阿拉亭拍拍胸脯說：

「不是吹牛，我的報紙一辦起來，包你天下太平，一切抗矮的思想，都要消滅！你們看吧，看我的成績吧！」

匹諾曹真是快活，說：

「我有了你們這些老朋友，大總統還怕做不成麼？好，明天起，我們開始工作！殺人團開始殺人的工作！阿拉亭開始辦報的工作！……」

「好！我們明天開始工作。」

第十四章

宣傳不抗矮、要投降的《木偶日報》出版了！

在第一張的《木偶日報》上，匹諾曹的照片很大地刊登著，旁邊還有著一行大字，是這樣寫的：

全世界第一號的木偶——匹諾曹先生的玉照

在那幀「玉照」的左邊，有匹諾曹先生的傳記，大概是說匹諾曹小的時候，很不用心讀書，專門胡鬧，博得全世界很多人的賞識。接著又寫道：後來，匹諾曹先生用心讀書了，可是很痛苦，幸虧他覺悟了，就不再用功讀書，到木偶大市場裡去把自己拍賣給矮裡矮外國，專門替矮裡矮外國的軍閥財閥做走狗，現在，享盡人世間的福氣。所以，凡是愛國的同胞們，都應該起來服從匹諾曹先生，大家一齊投降矮裡矮外國的軍閥財閥；甘心情願做他們的奴隸，讓匹諾曹先生做奴隸總管，——也就是大總統！

於是下面，有匹諾曹先生的一篇文章，叫做：

〈和平投降論〉

那文章大概是這樣說的：

「長裡長外國跟矮裡矮外國打仗，打了兩年，長裡長外國吃了許許多多的敗仗，失掉了許許多多的財產，所以再打下去，一定要亡國滅種！

「本來，長裡長外國和矮裡矮外國是兄弟之邦，不過矮裡矮外國比我們長裡長外國強。我們長裡長外國是弱國，弱國應受強國管理，這是天經地義的真理。所以，我們長裡長外國，既然打不過矮裡矮外國，而且是弱國，就應該投降矮裡矮外國，給矮裡矮外國管理才是！

「現在，矮裡矮外國既然要跟我們講和平，要我們投降，我們就應該起來講和平，投降他們呀！

「請想想，不講和平，矮裡矮外國用槍炮繼續打我們，我們的人民必定要死光！請想想，不投降，我們的國家，一定要滅亡！」

「所以，凡是愛國的同胞們，應該一致起來，跟我喊和平投降的口號！」

獵狗阿拉亭也寫文章，說：「長裡長外國應該跟矮裡矮外國講和，投降他們，共同來建設新秩序！」

蠟燭心也發表一篇文章，大致說：投降矮裡矮外國以後，長裡長外國的人民雖然做了亡國奴，但這比給矮裡矮外國打死總好一點呀！

羅斯姑娘寫了一首長詩，說明因為這次戰爭，所以人民流離失所，痛苦萬分。這是誰的罪惡呢？這是抗矮的罪惡！所以凡是愛國的人民，都應該起來反對抗矮，投降矮裡矮外國！

刺客蹺腳狐狸和瞎眼睛貓在《木偶日報》上登了一則啟事，那啟事是這樣的：

我們是主張跟矮裡矮外國講和平的，同時是主張投降矮裡矮外國做奴隸的，這的確是很好的主張，所以凡是不贊同我們的主張，我們就要請他吃「白勞靈」的「衛生丸藥」！跳海地方的人民，都要一體知照！

殺人團團長　蹺腳狐狸
　　　　　　瞎眼睛貓
　　　　　　同　　啟

這張《木偶日報》一出版，匹諾曹真是快活得了不得，連忙到小鬍子那邊去，給小鬍子看了。

「小鬍子先生呀！」匹諾曹向小鬍子磕了三個響頭，才說，「你看，我們這張《木偶日報》好不好呀？」

小鬍子右手撚了撚鬍子，順手把《木偶日報》拿來，看了一會，點點頭說：

「木偶匹諾曹，這張報紙辦得很好！照這樣辦下去，你的大總統一定有得做了！……」

匹諾曹見小鬍子很快活，就乘機說道：

「小鬍子先生呀，你要曉得，現在白報紙的價錢又漲了，因此，你得多拿出點錢來給我們才是呀！」

「這，這……」小鬍子又撚了撚鬍子，說，「錢麼？很容易，很容易！反正，我們從長裡長外國人民身上剝削來的，也很多了，是的，等會兒，我送來給你吧！是的，只要你們乖乖地聽我們的話，這點兒錢算得了什麼呢？」

匹諾曹謝了小鬍子，高高興興地回家去了！

第十五章

殺人團開始做起殺人的工作了。

殺人團的團長蹺腳狐狸和瞎眼睛貓，早已訓練好了幾十個專門殺人的傢伙，蹺腳狐狸對他們說：

「誰殺人最多，誰就有賞！」

瞎眼睛貓說：

「一定要把槍瞄得準，最好一槍就打死掉！」

正在這時，獵狗阿拉亭氣喘喘地跑進來，哭著對蹺腳狐狸和瞎眼睛貓說：

「親愛的蹺腳狐狸和瞎眼睛貓呀！我主編的《木偶日報》，聽說報販們都不肯代銷，那怎麼辦呀？」

蹺腳狐狸聽了阿拉亭的話，非常憤怒，立刻對他手下的人說：

「喂，你們的生意來啦！你們全體出動，拿著手槍，告訴在跳海地方的報販，誰不肯代銷我們的《木偶日報》，我們就要請他們吃『白勞靈』的『衛生丸藥』！好，現在，你們去吧！五分鐘後，你們要來報告我！」

幾十個殺人團的團員，應了一聲，立刻去做他們的殺人的工作了！

瞎眼睛貓拿出一塊手帕，替阿拉亭揩揩眼淚，說：

「獵狗阿拉亭呀！你不要哭，不要著急！五分鐘後，你編的《木偶日報》，包你滿城飛揚，人人手裡一張！」

蹺腳狐狸同時又獻了一個妙計給阿拉亭道：

「阿拉亭！你把那些報紙只要送給那些報販，他們就一定會賣的了！」

「是的，是的，蹺腳狐狸，你的話很對，你的話真是對呀！」阿拉亭說。五分鐘過了，幾十個殺人團的團員來了，大家紛紛報告：

「抽大煙的老報販已經肯代銷《木偶日報》了！不過，這種《木偶日報》只好送給他們，他們才肯銷！」

有的報告：

「有些不肯代銷，我們就拿出了『白勞靈』的『衛生丸藥』，限定他們二十四分鐘內要代銷。否則，我們就要殺死他們！」

瞎眼睛貓笑嘻嘻地對阿拉亭說：

「阿拉亭，你聽到麼？」

「聽到啦！聽到啦！唉唉，真是感謝你們吶！」這樣說了，阿拉亭才跨著歪斜的腳步，說是要回家去睡覺了。

這裡的電話忽就響了，蹺腳狐狸拿起聽筒來，問：

「誰，……噢，木偶匹諾曹，是的，什麼事？……什麼？居在有人反對我們麼？……啊，還罵我們麼？……好，請你不要著急，我派人去殺死他們！……是的，收買的工作今天我們也要進行的！……對了！對了！……好，再會！再會！」

蹺腳狐狸立刻命令手下人道：

「你們五個人，到某某地方去，把那個在報上發表反對我們的熱血者殺死！是的，快去！」

那五個人去了。

於是蹺腳狐狸對瞎眼睛貓說：

「我的好太太呀！請你立刻去叫不三不四寫一萬二千三百四十五封的警告信，發給那些抗矮的壞蛋們！」

瞎眼睛貓立刻去了。

蹺腳狐狸真是忙得不得了啦，他又吩咐他的手下人道：

「你們五個，去把那個校長打死，因為他不肯投降我們。」

說了，他就拿起聽筒，撥了電話號碼，不一會，電話接通了，就說：

「你是阿拉亭麼？什麼，你睡覺，真是太不熱心啦！是的，快點起來，叫你報館裡的人，替我偵察，要是有反對我們的人，立刻來電話告訴我，我好派人去殺……是的，不要睡覺了，快點去告訴你報館裡的人，五分鐘後，我要聽你們的回音。要是誤了事，我要殺光你們！」

瞎眼睛貓已把一萬二千三百四十五封的警告信寫好了，於是差人去叫蠟燭心來。不一會，蠟燭心來了，蹺腳狐狸對他說：

「蠟燭心，你差人去把那一萬二千三百四十五封的警告信發給那些人，要他們投降我們。匹諾曹不是要組織一個冰糖黨麼？是的，那些人如果不加入我們的冰糖黨，我們就殺死他們！好，請你把那些信拿去吧！」

蠟燭心一走後，電話鈴就響起來了。

「是誰，《木偶日報》社麼？是的，有什麼事？噢，有一個反對我們的人？……他姓什麼？名字叫什麼？的是，住在什麼地方？還有，在什麼地方做生意？每天什麼時候去辦公？要走過的是些什麼馬路？……好！我都記下來了！」

蹺腳狐狸把電話聽筒剛一放下來，可是——

滴鈴鈴……

電話鈴又響起來了。

「誰，《木偶日報》社？又有人反對我們了麼？是的，告訴我……」

蹺腳狐狸在一本白簿子上，記著那個主張抗矮的人的姓名。

剛一放下電話聽筒，卻不料電話鈴又叫起來了。蹺腳狐狸心裡真是焦躁，對瞎眼睛貓說：

「我的太太，請你聽一聽，並且把那壞蛋的名字記下來！」

瞎眼睛一邊聽電話，一邊記那個人的姓名。

蹺腳狐狸一邊吩咐他的手下人，一邊從瞎眼睛貓手裡拿下那張殺人的名單，於是又去吩咐他的手下人。

現在整個殺人團辦公室裡全是電話鈴聲了！

滴鈴鈴……

「喂，什麼？又有人……」
滴鈴鈴……
「喂，什麼？又有人……」
滴鈴鈴……
「喂，什麼？又有人……」
滴鈴鈴……
「喂，什麼？又有人……」
滴鈴鈴……
「啊呀，我的天呀！起來抗矮的人有這麼多麼？……」
滴鈴鈴……
蹺腳狐狸一把拉著瞎眼睛貓，大叫道：
「我記也來不及記那些壞蛋們的名字了呀！」
瞎眼睛貓也叫道：
「我的耳朵也要被電話鈴震聾啦！」
可是電話鈴不斷地響著：

滴鈴鈴……

滴鈴鈴……

滴鈴鈴……

滴鈴鈴……

「我的天呀！我的頭也要被電話鈴震昏啦！」蹺腳狐狸叫起來。

「啊唷！我的屁股也被電話鈴聲震得麻木啦！」瞎眼睛貓也叫起來。

可是電話鈴聲還是：

滴鈴鈴……

滴鈴鈴……

滴鈴鈴……

滴鈴鈴……

「我的好太太呀！我們快點逃出這間可怕的屋子吧！」

蹺腳狐狸一邊叫著，一邊拉著瞎眼睛貓，向屋子外邊逃出去了！

第十六章

大家都罵粟米蛋糕爸爸。

自從匹諾曹到了跳海地方，跳海地方的人民，奮起反抗，毫無畏懼。蹺腳狐狸和瞎眼睛貓雖然殺人，可是人們一點也不害怕。大家一致怒吼道：

「打倒木偶匹諾曹！」

「喂喂，這個不要臉的木偶從什麼地方來的呀？」趙大爺憤憤地問。

「還不是小鬍子從木偶大市場裡買來的麼？」錢二叔答。

「自從矮裡矮外國打到我們的國家來之後，我們的生活好苦啊！」李三嬸嬸說著。

「可不是麼？米也貴了！煤也漲價了！一包油氽黃豆，過去只要一個銅板，現在不是要九個銅板了麼？」週四公公嘆著氣說。

「我說呀，還是跟著匹諾曹，去投降矮裡矮外國，做他們的奴隸吧。」武大嫂嫂說。

「呸！你不是昏了頭麼？矮裡矮外國不打進我們的國度裡來，我們的生活會這麼苦嗎！」盛飛跳了起來大叫道。嚇得武大嫂嫂不敢吭聲了。

王伯伯滿臉通紅，揮揮拳頭道：

「死也不做亡國奴！矮裡矮外國打來了，我們的生活這麼苦，要是不打他們出去，我們朝後的生活一定還要更苦一百倍！」

「對了，」周小二也揮著拳頭說，「現在，油氽黃豆賣九個銅板一包，米賣五十塊錢一擔；將來，說不定油氽黃豆要九十個銅板一包，米要賣五百塊錢一擔呢！」

「啊呀，這可怎麼辦？……」李三嬸嬸驚叫起來。

「我家阿龍，一個月只賺二十幾塊錢，現在已不能夠生活下去了，要是將來東西真的這樣貴，我們只好餓死了！」週四公公說得幾乎要哭出來。

「所以，只有打他們出去呀！」趙大爺提起拳頭憤憤地說。

「現在吃點苦頭，算得了什麼呢？要過甜日子，只有起來奮戰！」錢二叔說。

「堂堂的自由人不做，要做奴隸，這真是糊塗想法！」王伯伯說。

大家沉默下來了。大家的心裡都很憤怒。小小的一個矮裡矮外國，要來消滅這樣大的一個長裡長外國麼？這真是豈有此理！是的，自從他們打進來了後，大家的生活才一天一天地苦下去！對了，只有把他們打出去，才有好日子過呀！

「那麼，木偶匹諾曹難道不曉得這道理麼？」李三嬸嬸發出疑問道。

「他只要有官做，有錢刮，還管我們老百姓的死活！」盛飛憤憤地說。

「矮裡矮外國現在不是打不過我們了麼？前些日子，他們不是在光先省吃了一個大敗仗麼？他們沒有辦法，只得到木偶大市場裡去買了匹諾曹，買了哈爾昆，買了潘卿羅，來幫助矮裡矮外國鎮壓我們的抗矮力量。這真是多麼毒狠的一條計策呀！」

周小二這麼說了後，大家都罵起木偶匹諾曹來了。

忽然，週四公公說：

「聽說，木偶匹諾曹是我的鄰居『粟米蛋糕』做出來的。這個老傢伙，做出這樣一個寶貝來害人！」

「我們到『粟米蛋糕』家裡去打死他！」盛飛伸出粗粗的胳膊，叫了起來。

「去呀！去打『粟米蛋糕』呀！」

「我們要把他的假頭髮撥下來！」

「去呀！去打『粟米蛋糕』呀！」

大家憤怒地叫著，就一齊擁到「粟米蛋糕」家裡去了。

粟米蛋糕爸爸在家裡，披散著他的假頭髮，他在哭。他不住地叫：

「我為什麼要造出這樣一個壞蛋來呢？唉唉，我真後悔呀！」

正在這時候，門外擁進一大群人來，都罵「粟米蛋糕」道：

「你為什麼要造出這樣一個害人的木偶來呀？」

大家都要去撥他的假頭髮了，大家都要去打他了！粟米蛋糕爸爸卻一點也不怕，他哭著說道：

「這是我的報應，做父親的不好好教養兒子。這就是我的報應呀！」

大家正要打他時，忽然饒舌的蟋蟀跳在粟米蛋糕爸爸的頭上，向大家叫道：

「不要打粟米蛋糕爸爸！他是無罪的！你們想想：你們就是把他打死了，木偶匹諾曹還是木偶匹諾曹！他還是做他的不要臉的大總統！所以，我勸你們不要打粟米蛋糕爸爸，他跟你們一樣，內心也很痛苦呀！我們應該團結一起，不要去聽木偶匹諾曹的胡話！無論他說得多麼花巧，我們不去聽他！我們咬緊牙關，受一點苦，我們誓必把矮裡矮外國的侵略軍打出去！我們要把匹諾曹以及他的同伴哈爾昆，潘卿羅殺死！同胞們！請不要打粟米蛋糕爸爸，我們要認清目標！」

大家聽了饒舌蟋蟀的話，果真不去打粟米蛋糕爸爸了。大家一齊叫道：

「饒舌蟋蟀的話是對的！我們從今以後，再也不要去聽信木偶匹諾曹的謊言！我們要努力抗矮到底！肅清國內的投降派！」

饒舌的蟋蟀聽了大家的話，站在粟米蛋糕爸爸的頭上，微微地笑了起來。

粟米蛋糕爸爸還是哭著：

「這是我的報應！做父親的不好好教養兒子。這就是我的報應呀！」

第十七章

粟米蛋糕爸爸去看匹諾曹。

粟米蛋糕爸爸在家裡老是哭著，他是多麼的後悔呀！唉，他為什麼要到櫻桃先生家裡去討一塊木頭，來造出這樣一個害人的木偶來呢？而且，既造了出來，又為什麼要溺愛他，不好好地教育他，使他做出這樣羞辱家門的滔天大罪來呢？

「啊！我還是自殺吧！我的兒子匹諾曹做了出賣國家、出賣同胞的勾當，我有什麼面孔活在這世界上呢？啊啊！匹諾曹呀！匹諾曹呀！我溺愛你，我辛勤工作，給你從小學讀到中學，從中學讀到大學，而後又送你到外國去留學，這是為什麼呢？這完全是為的要你替國家服務，替社會盡力，使人們得到幸福呀！卻不料你會做出這樣滔天的大罪來！啊啊！匹諾曹喲！匹諾曹喲！你不知道你的爸爸，這時候是多麼的傷心麼？唉，匹諾曹，再見了！我希望你立刻覺悟，不要再替矮裡矮外國的軍閥財閥做事了！啊啊！匹諾曹，我的兒子，再見吧！」

粟米蛋糕爸爸拿起一把尖刀，他要自殺了。

可是，他轉念一想，又把尖刀丟到了地上，他哭著說：

「是的，我去看一看匹諾曹，我要去勸勸他，或許，他會覺悟的！是的，我……」

粟米蛋糕爸爸揩乾了眼淚，他戴了一頂帽子把半個面孔都遮住了。是的，兒子做了賣國的勾當，做爸爸的還有什麼面孔去見人呢？

粟米蛋糕爸爸的年紀，本來已很大了，他一跌一衝地向匹諾曹的賣國機關走去了。沒一會兒，已到了那地方。粟米蛋糕爸爸正要走進門去的時候，忽然兩個矮子兵拿著槍走來，向他喝道：

「老乞丐！你走到這裡來做啥呀？你莫非來送命麼？你難道不知道這裡是出賣靈魂、殺害人命的地方麼？」

粟米蛋糕爸爸聽了這話，心裡更加痛苦了。唉唉，他的兒子竟做出這種壞事。他哭著對那兩個矮子兵說：

「我是匹諾曹的……」

粟米蛋糕爸爸說不下去啦！唉，這是多麼難為情呀！他是匹諾曹的爸爸！唉，這真是太叫粟米蛋糕爸爸痛苦啦！可是，為了要去勸兒子覺悟，粟米蛋糕爸爸忍著內心的痛苦，對那兩個矮子兵說：

「我是匹諾曹的爸爸，我要去看看我的兒子，因為我已經有好幾年沒有看見他了！」

「什麼？你這個老乞丐是匹諾曹木偶的爸爸麼？」一個矮子兵說。

「他有什麼好看的呢？」另一個矮子兵說道，「木偶的爸爸，不論你兒子穿了怎樣漂亮的衣服，他總歸是個木偶，總不是什麼好人呀！」

粟米蛋糕爸爸聽了這話，心裡更加難過起來了，他幾乎要昏厥過去。要是他忍著，不讓自己跌倒。兩個矮子兵進去通報了。不一會，匹諾曹匆匆地走了出來，他一見粟米蛋糕爸爸，立刻走上前去，抱著粟米蛋糕爸爸親著臉孔，一邊叫道：

「爸爸呀！你怎麼會來看我的呀？唉唉，我真想回到家裡來看看你，可是小鬍子不許我來看你呀！他說，一個木偶是不好和人民去接近的！一接近，木偶就會生出良心來的！」

粟米蛋糕爸爸哭著說：

「匹諾曹呀！你真應該有一顆良心呀！因為你沒有良心，所以你做出了滔天的大罪來！」

匹諾曹把粟米蛋糕爸爸帶進了辦公室，讓他坐了；又叫羅斯姑娘來見了粟米蛋糕爸爸。匹諾曹說：

「爸爸，良心要來有什麼用呢？只要有官做，有錢刮，自個兒的生活過得舒舒服服，這不是已經很好了麼？」

羅斯姑娘接著說：

「爸爸，我看你是很有良心的，可是你活著多苦呀！對了，爸爸，讓我替你挖掉了良心，到這裡來享福吧！」

粟米蛋糕爸爸拍了一拍桌子，大罵道：

「你們這樣無恥！你們現在做的勾當，遭到了千萬人民的痛罵呢！曉得麼？」

匹諾曹見粟米蛋糕爸爸發怒了，心裡真是不高興，他說：

「千萬人民痛罵我們，我們就把他們殺個精光！爸爸，你不知道麼？我們的殺人團，已殺掉許許多多痛　我們的人了！……」

「可是，殺得光麼？」粟米蛋糕爸爸發怒地叫。

「我們天天在殺，報警的電話鈴聲已把蹺腳狐狸和瞎眼睛貓的耳朵都震聾了，可是我叫他們吃『耳聾丸』。現在，他們還是去殺，殺，殺，總有一天，會把反對我們的人殺得精光的！」

粟米蛋糕爸爸聽了匹諾曹這話，不覺呆了起來。好一會兒，他才哭著說：

「匹諾曹呀！我勸你快不要這樣做吧！我辛勤工作，要你讀書，不是希望你來幹這賣國的勾當的呀！匹諾曹，我的兒子，我求求你，我跪下來了，我求求你，快不要這樣做了吧！」

粟米蛋糕爸爸跪下來了。屋角上，饒舌的蟋蟀發怒的叫道：

「『粟米蛋糕』！匹諾曹已經不是用央求的辦法可以改變過來的了，他只有在千萬人民的憤怒中被殺死的一條道路了！『粟米蛋糕』！站起來，不要去求他，你回家去吧！他的末日就要到了！」

「怎麼你又來啦？」

聽了這話，匹諾曹真是憤怒，他拿起手槍，對準饒舌的蟋蟀開了幾槍，說道：

饒舌的蟋蟀給打死了！可是，另一個屋角上，又出現一隻饒舌的蟋蟀，憤怒地叫道：

「匹諾曹！你是殺不光我們的！」

匹諾曹又要用手槍去打那只新出現的饒舌的蟋蟀，粟米蛋糕爸爸奪過那把手槍，對著自己的頭，說：

「匹諾曹，我的兒子，你如果不覺悟，我也沒有面孔去見我的鄰居了，我就在這裡自殺吧！」

匹諾曹立刻穿起保險馬夾來，按了一按電鈴，立刻有二十四個強壯的人跑進來站在他面前，保護著他。匹諾曹說：

「爸爸，我良心已經沒有了，你叫我怎樣覺悟呢？」

粟米蛋糕爸爸哭著說：

「只要你逃出這間屋子，跟我回家去，你的良心自然會有了！」

「這是不可能的！我跟你回家去吃苦麼？啊啊，爸爸，我在這裡是多快樂呀！不要很久，我要做大總統啦！」

「那麼你不覺悟麼？」粟米蛋糕爸爸痛苦地問。

「我不覺悟！」匹諾曹很堅決地說。

「砰！」手槍響了，粟米蛋糕爸爸在自己的太陽穴裡打了一槍，鮮血直噴出來中，粟米蛋糕爸爸倒下身去的時候，大叫道：

「長裡長外國抗矮勝利萬歲！」

匹諾曹立刻命令那二十四個保護他的人說：「把這個不會享福的老頭子抬出去埋了吧！」

粟米蛋糕爸爸被抬出去了。可是他的那句「長裡長外國抗矮勝利萬歲」的口號聲，卻永遠地回繞在這間出賣靈魂、殺害人民的屋子裡了！

第十八章

匹諾曹和小鬍子簽訂賣國條約。

粟米蛋糕爸爸雖然被抬了出去，可是他臨死的呼聲，還是在屋子裡迴盪著：

「長裡長外國抗矮勝利萬歲！」

匹諾曹恐怖地向屋子四面望望，可是那聲音老是在他的耳朵裡響著。他看著羅斯姑娘問：

「你聽到粟米蛋糕爸爸的聲音麼？」

「聽是聽見的，可是，我的匹諾曹呀！你不要去聽他，也就不會聽見啦！」

匹諾曹於是就不去聽它了，可是，他越是不去聽那聲音，那聲音卻越是響亮。

這時候，蠟燭心快活地走進屋子來了，他正要說什麼的時候，忽然又恐怖地站住了，向大家看了看，於是抖抖地問：

「匹諾曹呀！誰在叫『長裡長外國抗矮勝利萬歲』呀？」

匹諾曹哭喪著臉說：

「我的爸爸。」

「什麼？你的爸爸？」

這時候，小鬍子走進來了。他本來是高高興興地走進來的，可是他也立刻變得害怕起來了。他像蠟燭心一樣，向大家看呀看的。看了好一會，他搔起頭皮來了，問：

「咦，你們的嘴巴都是好好閉著，可是誰在喊『長裡長外國抗矮勝利萬歲』呀？」

羅斯姑娘壯大膽子說：

「小鬍子先生，沒有誰在這裡喊叫，那是你的心理作用呀！」

「哦，哦，……」小鬍子撚了撚他的小鬍子，吶吶地說，「是這樣麼？是這樣麼？」

「是的，是這樣，是這樣。」羅斯姑娘說。

「那麼，我們的『親善條約』可以簽字了呀！」小鬍子從懷裡拿出一大張紙來。攤在桌子上，一邊招呼著匹諾曹，說：

「來呀，木偶匹諾曹，我們應該在這張『親善條約』上簽字呀！啊啊，來呀！」

匹諾曹一看見這張『親善條約』，頓時快活起來了。大家也快活起來了。大家一快活，粟米蛋糕爸爸臨死時呼喊的聲音，也聽不見了。匹諾曹走到小鬍子眼前，握著小鬍子的手，說道：

「小鬍子先生呀！我可以在這張『親善條約』上簽字的，不過，我還是那麼個要求，就是說，取消哈爾昆的哈哈政府，和潘卿羅的卿卿政府。你不知道麼？哈爾昆和潘卿羅都是老牌的壞蛋，人們都不信任他們的。要是他們的政府存在，抗矮勢力只有更大。我不過是個新牌的混蛋，人們至少還有一點相信我。……」

匹諾曹說到這裡，饒舌的蟋蟀又出現了：

「一個老百姓也不會相信你的！」

「這，這……」匹諾曹抬起頭，同時拿起手槍來。

「放下你的手槍，在我面前，你是不能拿武器的！」小鬍子發怒地叫。

「是，是。」匹諾曹把手槍放下來了。

「不要去聽那饒舌蟋蟀的話吧！」蠟燭心說道。

「是的，饒舌的蟋蟀是個抗矮的靈魂！」羅斯姑娘說。

「讓我來槍斃他！」小鬍子拿起匹諾曹放下的手槍來，向屋角上的饒舌蟋蟀開了一槍。

饒舌的蟋蟀被打死了，可是另一隻饒舌的蟋蟀又出現了，憤怒地說：

「小鬍子，你是殺不光我們的！」

小鬍子聽了那話，非常憤怒，他發狂一般地吼叫起來：

「殺不光你們，我不叫小鬍子！」

匹諾曹見小鬍子要發瘋了，就連忙走過來抱著他，勸他說：

「小鬍子先生呀！我們不要去理睬他，我們還是來講價錢吧！」

小鬍子氣得連鬍子都根根豎了起來，他放下手槍，點點頭說：

「好，好。我們來講價錢吧！」

匹諾曹說起來了：

「我剛剛說過，我是個新牌的混蛋，還可以欺騙欺騙一般愚蠢的人們，所以，如果把哈爾昆的哈哈政府，和潘卿羅的卿卿政府取消，那一定會取得愚蠢的人們的信任。」

「可是現在一個愚蠢的人也沒有了！」

大家向饒舌的蟋蟀白了白眼睛，羅斯姑娘深恐小鬍子又要氣得發起瘋來，所以說：

「小鬍子先生呀！犯不著去和他爭論！」

小鬍子點了點頭，對匹諾曹說：

「只要對我們矮裡矮外國的侵略有利，哪有什麼不好商量的呢？哈爾昆和潘卿羅是我從木偶大市場裡買來的，我要他們的時候就要他們；我不要他們的時候，就可以一腳把他們踢開！所以，匹諾曹呀！請你放心好了，我一定答應你的條件。」

匹諾曹非常快活，他就連忙去親小鬍子的屁股。接著，羅斯姑娘和蠟燭心也都去親小鬍子的屁股。

小鬍子笑道：

「那麼，我們來簽字吧！」

匹諾曹又說起來了：

「現在，長裡長外國是用三色國旗，將來我的政府一成立，也要用三色國旗，這也是欺騙老百姓的最好方法。再有，我的政府將來在軟病地方成立了，你們的矮子兵要完全撤退，這樣，我可以對軟病地方的老百姓說，你們看，我不是在賣國呀，我是用不流血的方法在救國呀！」

小鬍子想了想說：

「要撤退軟病地方的矮子兵，那是不可以的，至於其他條件，都可以的！」

「那麼，關稅、鹽稅，和其他雜七雜八的稅，你們將來要給我一部分的呀！否則，我來給你們做什麼大總統，成立什麼政府呢？」

「好的，好的！反正，這是你們長裡長外國人的錢，拿去一點又有什麼不好呢？」小鬍子不耐煩地說。

「還有，……」

「好了，匹諾曹，不准你再有什麼『還有』了！你還是識相點，快簽字吧！」

「是，是。」匹諾曹提起筆來，就在那張名叫「親善條約」實在就是賣國條約上，簽了字。

第十九章

蠟燭心碰到青髮仙子。

這一天，蠟燭心拿了一疊專門去恐嚇抗矮的人們的「警告信」，正氣喘喘的在路上走的時候，忽然後面有一個清脆的聲音喊他道：

「蠟燭心！蠟燭心！」

蠟燭心嚇了一跳，誰在叫他呀？他回過頭去，只見一個小姑娘向他走過來了，並且問他道：

「蠟燭心，你不認識我了麼？」

蠟燭心呆呆地向她看了好一會，才快活地大叫道：「啊呀，你不是我的妹妹麼？啊啊，我的好妹妹，爸爸媽媽在家裡好麼？」

只見那小姑娘哭了起來道：

「爸爸已經自殺了！因為聽說你和木偶匹諾曹在一起做賣國的事，左右鄰居都取笑我們，爸爸就自殺了。現在媽媽日夜生著病。我本好好在學校裡讀書的，同學們也都跟我很要好，老師們也喜歡我。可是他們曉得我的哥哥是蠟燭心，同學們就都不跟我要好了，老師們也不喜歡我了。可憐，我只得離開學校了！啊啊，蠟燭心哥哥呀！你為什麼要和匹諾曹在一起呢？蠟燭心，你好大的膽，居然敢在馬路上走麼？人們會打死你的！唉，蠟燭心哥哥要，你還是跟我回家去吧！」

蠟燭心一聽見他的爸爸為他而死，他的媽媽為他而病，他的妹妹又為他而失學，他的心裡真是難過。是的，弄得現在在馬路上走路，人家也會來打死他。這究竟為的什麼呢？

「因為你賣國刮錢呀！」

饒舌的蟋蟀在路旁一棵小樹上這樣說著。

蠟燭心向饒舌的蟋蟀看了看，他嘆氣了。

那小姑娘哭著說：

「蠟燭心哥哥呀！你還是同我回家去吧！你回家就可以治好媽媽的病，也好叫我再到學校裡去讀書了！」

蠟燭心只是嘆氣。他對妹妹說：

「我的可憐的好妹妹，你先回去。我明天回家吧！」

「不，現在就跟我去。」他的妹妹固執地說。

「不，我還有許多錢放在那邊呢。」蠟燭心說。

「不要那些不義之財了吧！我的好哥哥。」他妹妹憤慨地說。

「不，我要的！要的！錢多好呀！我的好妹妹，我明天回家去，一定的！」

小姑娘靜靜地站著，哭了起來，好久才說：

「那麼哥哥，明天一定回家來呀！」

「一定的，好妹妹，再見吧！」

「再見吧！哥哥。」

蠟燭心回頭走了沒幾步，只聽見他的妹妹淒慘在叫道：

「哥哥呀！你明天一定要回家來的呀！回家來救救我們吧！」

蠟燭心聽妹妹那淒慘的呼叫聲，他的心裡難過極了。他決定明天一定回家！

走了一陣，蠟燭心忽然又猶豫起來：

「是的，我為什麼要回家去呢？我難道拋棄大官不做麼？真的，我刮的錢還不多呀！是的，只要我把媽媽接到我的大洋房裡，替她醫病，不是很好麼？至於妹妹，叫她到我們這兒學校來讀書，不是也很好麼？」

蠟燭心正在這麼想呀想的當兒，忽然他的背後又有人叫他道：

「蠟燭心！蠟燭心！」

蠟燭心嚇了一跳！啊呀，又有誰在叫他啦？他回過頭去一看，只見一個年輕的姑姑站在他的面前。

「你是誰呀？」蠟燭心問。

「你不認識我了麼？」那年輕的姑姑說。

「不認識呀！」蠟燭心心裡不知道為什麼有點慌。

「我是青髮仙子呀！」

「啊，是青髮仙子麼？」蠟燭心快活地叫了起來，「我們有好幾年沒有看見了呢！」

「是的，我們有好幾年沒有看見了。」青髮仙子說，「自從你和匹諾曹不學好，到玩物國裡去玩耍，你不是變做驢子了麼？」

「是呀，我變做一隻可憐的驢子。多謝匹諾曹，他救了我，使我重新做了人；並且，還答應給我做大官呢。」

青髮仙子沉默了一會，才說：

「蠟燭心，你現在不是一個人，只是比一隻驢子還要可惡的東西。」

「什麼？你，青髮仙子，你說的是什麼呀？」蠟燭心驚慌地叫了起來。

「你現在跟匹諾曹幹的勾當，已經成為十足的『賣國賊』了！過去你沒有讀過歷史麼？有一個秦檜，他因為做賣國賊，雖然死了，後來，人們給他鑄了一個鐵像，叫他跪著，用鐵鍊鎖著，叫他遺臭萬年！蠟燭心！你也要做這樣的人麼！」

「啊啊，青髮仙子，我不願意，我不願意呀！啊，青髮仙子！請你救救我吧！」

青髮仙子見蠟燭心滿頭是汗，像是做了一個惡夢一樣，驚怕得全身發抖。她又說了：

「你既然不願意做賣國賊，第一，你就不要再幹賣國的勾當，第二，你不要只想著刮錢，刮錢！要曉得，矮裡矮外國已經打不過長裡長外國了，他們要你們出來組織什麼政府，無非是一套把戲，用來騙騙全世界，騙騙一般糊里糊塗的人罷了！像匹諾曹這樣的人，他的末日不久就要到了。我看你的良心，還沒有完全死掉，而你的媽媽，病得也很凶，妹妹又為你而失學，真是可憐。蠟燭心呀！你及早覺悟，還有重新做人的希望，如果再糊里糊塗，你一定也要像匹諾曹一樣，死就在眼前了。」

青髮仙子說了那些話，忽然不見了。

蠟燭心呆呆地站在那裡，抖抖地向空中說：

「青髮仙子呀！你不能也救救匹諾曹麼？」

「匹諾曹是不能救了！因為，他是木偶，他的良心已經被『大總統』和『大洋錢』壓死了！」說這話的，是饒舌的蟋蟀。

蠟燭心呆呆地站著，流著眼淚，饒舌的蟋蟀又說道：

「快點回到你的家裡去吧！好好做一個人！長裡長外國的勝利是立刻就會到來的！」

「哦，饒舌的蟋蟀伯伯，我聽你的話！青髮仙子呀！我感謝你救我的性命！」蠟燭心哭著說。

「救你的命的，還是你自己！只要你真正改過自新，就好了！」

「對的，饒舌的蟋蟀，願你以後做我的良師益友，時時指出我的邪心！」蠟燭心這樣懇求饒舌的蟋蟀。

「那麼，現在，你回家去吧！」饒舌的蟋蟀說。

「好的，我就家去。」

蠟燭心流著眼淚，回家去了。

第二十章

蠟燭心向國人表示懺悔。

蠟燭心回到家裡，就立刻去看他的媽媽。他的媽媽睡在床上，嗯哼嗯哼地呻吟著：

「唉，我好苦命呀！養了個不孝的兒子蠟燭心，他竟跟匹諾曹做著賣國的勾當，氣死了他的爸爸，現在，又要把我氣死了！唉唉，我好命苦呀！」

蠟燭心一聽見媽媽的話，心中難過極了。立刻跑到媽媽的床邊，跪下來哭道：

「媽媽呀！你的兒子蠟燭心，現在已經回來了，他決不再跟匹諾曹去做賣國的勾當了！媽媽呀！請你饒恕我這一次罪惡。媽媽呀！你的病快快好起來吧！」

這時候，蠟燭心的妹妹，從外邊奔進來，一看見蠟燭心，快活地叫道：

「啊呀！蠟燭心哥哥呀！你今天真的回家來啦？」

蠟燭心哭著說：

「妹妹呀，我錯了！我從此再也不做賣國的勾當了！妹妹，你從此也可以到學校裡去讀書，再不會受同學們的嘲罵，老師們的嫌棄了！」

妹妹奔到床邊，快活地叫道：「媽媽！媽媽！哥哥回家啦！哥哥回家啦！」

媽媽早已坐在床上了，她面孔上的淚水，還沒有乾，一聽到女兒和兒子的話，忽然笑起來說：

「蠟燭心呀！你回來了麼？好！我這才歡喜呢。要是你爸爸還活著的話，他一定也會快活的！」

媽媽說了那話，就從床上跳了下來。蠟燭心和他的妹妹立刻去扶著她，同聲叫道：

「媽媽！媽媽！你的病很重，你快點睡下去吧！」

可是媽媽笑著說：

「不，我的病已經好了，因為我的兒子蠟燭心，他已經回來了，不再去幹賣國的勾當了！啊啊，我真快活呀！」

媽媽的病果真好了。這天晚上，媽媽還親自到廚房裡去燒飯。媽媽曉得蠟燭心喜歡吃魚，所以特地去叫妹妹買了兩條大魚來。

吃晚飯的時候，蠟燭心對媽媽說：

「匹諾曹見我回來，他一定要叫刺客蹺腳狐狸和瞎眼睛貓來刺死我的。」

媽媽聽了，吃驚地說：

「那怎麼好呢？」

蠟燭心說：

「我們明天一清早就乘大輪船逃到香香地方去。」

「好的，媽媽的病也好了，我們明天就離開這裡吧！」妹妹這樣說。

第二天，他們一家都逃走了。蠟燭心在大輪船上，把匹諾曹跟小鬍子簽訂的喪權辱國的條約，拿了出來，細細地讀著，他越讀越氣憤。他現在才覺得，這樣的條約，實在是多麼的惡毒呀！為了做官，為了刮錢，就情願把國家賣掉，把人民踐踏著做奴隸。

沒幾天，船到了香香地方，蠟燭心就把那條約，套在一個信封裡，並且還寫了一封向國人表示懺悔的信，附在信封裡，寄到一家報館裡去，請他們把他的信，和那喪權辱國的條約，一起發表出來，藉以喚醒國人，切勿上匹諾曹的大當！

第二天，蠟燭心的信，和匹諾曹跟小鬍子簽訂的喪權辱國的條約，一起在報紙上發表了。

那封信是這樣寫的：

全國同胞們：

首先，我要請你們一萬萬分的饒恕我，因為我竟幹了賣國的勾當！可是自從我碰到了青髮仙子，她善善地勸民導了我一番以後，使我頓時明白我所幹的勾當，完全是出賣了祖國，出賣了同胞！因此，請全國同胞們饒恕我。

現在，我把匹諾曹跟小鬍子簽訂的喪權辱國的條約，公布出來，一則，可以贖我過去的賣國罪惡；二則，希望全國同胞們，不要上匹諾曹的當！同時，希望像我一樣想做官，愛刮錢的朋友們，快快覺悟，勿做千秋萬代的罪人才好呵！

一個悔悟的罪人蠟燭心泣告國人

匹諾曹跟小鬍子簽訂的賣國條約，是這樣的：

第一條：矮裡矮外國給匹諾曹做大總統。

第二條：矮裡矮外國每月給匹諾曹一千萬塊大洋錢。

第三條：長裡長外國的土地，全部送給矮裡矮外國（可是為了要使老百姓不反抗，所以矮裡矮外國形式上應該撤兵，其實，各重要的地方，還是可以駐兵的）。

第四條：長裡長外國的工業、商業、農業、航空、交通，甚至氣象，都由矮裡矮外國來管理。

第五條：長裡長外國不准有軍隊（可是為了不使老百姓造反，也可以酌量養一些兵，但武器只准拿木棍）。

第六條：長裡長外國只屬於矮裡矮外國的一部分，所以匹諾曹政府不可以再把長裡長外國的國土分送給別國。

第七條：匹諾曹應該聽從矮裡矮外國派來的特使的話。

自從這個賣國的條約，公布出來以後，激怒了長裡長外國的全體人民。小鬍子立刻跑到匹諾曹那裡去。小鬍子非常驚慌，大罵匹諾曹：

「匹諾曹，你為什麼不抓著蠟燭心呀？」

匹諾曹又氣又急，大罵蠟燭心這傢伙太忘恩負義了。

小鬍子問匹諾曹：

「匹諾曹，那怎麼辦呢？」

匹諾曹雖然是個木偶，可是他也很狡猾。他想出了一條計策，對小鬍子道：

「只有我快點做大總統，那才能使全國老百姓相信我呀！是的，哈爾昆的哈哈政府和潘卿羅的卿卿政府都應該取消，這……」

「這我不能做主呀！這要和喜喜和原原商量商量才好辦！」小鬍子著急地說。

「那麼明天請你請喜喜和原原來，我們要商量出一個很好的辦法來。」匹諾曹說。

「好的，那麼我現在就去了！」

小鬍子去了。匹諾曹立刻打電話給蹺腳狐狸：

「你是蹺腳狐狸麼？什麼？你的頭快要漲破了？不要緊的，你好好安慰安慰你的瞎眼睛貓太太，頭漲破了，可以再調換一個的。……是的，蹺腳狐狸，蠟燭心這個王八蛋逃走了，你要千萬注意監視我們的人，要是你看出誰有點三心兩意，就殺掉他！」

匹諾曹掛上了電話聽筒。羅斯姑娘臉色蒼白，走來說道：

「蠟燭心這王八蛋簡直不是人，我們怎麼辦呢？」

匹諾曹氣憤地說：

「我的太太，請你不要著急，蠟燭心這一走，我倒有做全國大總統的希望了！我們要做官，要刮錢，一定要有心計，要有忍耐心呀！」

第二十一章

小鬍子，喜喜，原原和匹諾曹開會。

隔了一天，小鬍子和喜喜、原原來了。匹諾曹非常快活地歡迎他們，說：

「喜喜，原原，歡迎你們！」

喜喜和原原也笑笑，說：

「匹諾曹，你真好，因為你是這樣忠於替我們做事。」

小鬍子說：

「現在，我們先來談談吧！」

「好的，好的。」大家叫道。

大家就都坐了下來。小鬍子說：

「匹諾曹有很多主意，我們不妨先聽聽他的，好不好呢？」

喜喜點了點頭。

「很好，那麼，請匹諾曹說吧！」原原說。

匹諾曹微微地向大家點了一點頭，表示他的客氣，於是就說了起來：

「首先，我要向你們抱歉的，就是我的一個手下人，名字叫做蠟燭心的，他竟忘恩負義，偷了我和小鬍子先生簽訂的『親善條約』，拿去發表在香香地方的抗矮報紙上了。」

大家一聽，都非常憤怒。喜喜說：

「他大概一定嫌我們給他的錢太少了。」

「或者，」原原說，「他或者因為搶不到大官做吧！」

匹諾曹連忙搶上來說：

「不，他發瘋了！」

「對呀，對呀。蠟燭心一定發瘋了！否則，他會走掉的麼？」小鬍子說。

「現在，」匹諾曹說，「他這一走，並且又發表了我們的『親善條約』，這對我們是很不利的。過去，我們吹的牛皮，不是都被戳穿了麼？……」

原原著急地說：

「那怎麼辦呢？」

匹諾曹見大家面帶憂色，心裡卻暗暗地快活，說：

「我覺得我還是這麼一個請求：就是取消哈爾昆的哈哈政府，和潘卿羅的卿卿政府。小鬍子先生，喜喜先生，原原先生，你們難道不知道麼？哈爾昆和潘卿羅，是有名的壞蛋！長裡長外國的老百姓，早都不信任他們了。並且，如果讓他們的政府存在，這在長裡長外國的老百姓看來，很不光彩，認為矮裡矮外國把好好的一個長裡長外國拆散了。所以，我覺得趁蠟燭心跟我們搗蛋的時候，我們乾脆取消哈哈政府和卿卿政府，讓我一個人來做大總統。這樣，我可以向老百姓吹牛皮說，蠟燭心說的都是假話，現在我們整個長裡長外國不是統一了麼？這樣一來，老百姓一定會又信仰我了！而我們的和平投降政策，也一定能博得人們的贊同了。請你們諸位三思吧！」

匹諾曹說了，鄙夷地笑了笑，看看小鬍子，又看看喜喜和原原的面孔。大家沉默了，像有什麼心事似的。好一會，小鬍子才對匹諾曹說：

「木偶匹諾曹，你的話有很多地方是對的。現在，請你先退出這間房間，讓我和喜喜、原原討論討論再說吧！」

「那很好。」匹諾曹立刻退出房間去了。

小鬍子把房門關上了，轉過身子來，問喜喜和原原：

「你們看怎麼樣呢？」

喜喜嘆口氣說：

「匹諾曹究竟比哈爾邦昆聰明得多了！」

原原說：

「可不是麼？比我的木偶潘卿羅也聰明得多了！」

小鬍子見大家稱讚他的木偶匹諾曹，心中大為高興，他笑著說：

「這是我們矮裡矮外國的皇帝的福氣呀！我們有了這個木偶，就可以安安穩穩地消滅長裡長外國了！」

大家都很快活。小鬍子又說：

「木偶匹諾曹剛才說的話，就是說，取消哈哈政府和卿卿政府，你們都贊成麼？」

「贊成！贊成！」喜喜說。

「只要能達到我們滅亡長裡長外國的目的，我們為什麼不贊成呢？」原原說。

小鬍子真是開心極了。他說：

「那麼你們都贊成了麼？」
「當然贊成！」喜喜和原原說。
「但是，」小鬍子還有一點憂慮，說，「哈爾昆和潘卿羅會反對麼？」
喜喜聽了那話，大怒道：
「哈爾昆敢反對我們麼？他是我們從木偶大市場裡買來的木偶呀！」
原原也拍桌叫道：
「真的，他們敢反對我們麼？今天我們用得到他們，就叫他們穿起大總統的衣服來，叫他們做大總統；如果明天我們用不到他們了，我們就一腳把他們踢開！他們敢反對我們麼？」
「原原說的話真對。」小鬍子說，「就是我們的木偶匹諾曹，也是這樣的，用得到他就用他；用不到他，就滾蛋！」
「好了，就這樣決定，我立刻回去，叫哈爾昆取消哈哈政府，加入匹諾曹政府！」喜喜說。
「那麼，」原原說，「我也要立刻回去了，叫潘卿羅取消卿卿政府，加入匹諾曹政府！」

喜喜和原原都去了。小鬍子快活得什麼似地，大聲叫道：

「匹諾曹！匹諾曹！」

匹諾曹立刻破門而入，問小鬍子道：

「小鬍子先生！你們商量的結果怎樣？」

「我們已經同意你的意見！取消哈哈政府和卿卿政府！匹諾曹，明天，你可以到軟病地方去做大總統啦！」

「真的麼？」匹諾曹快活地說。

「我小鬍子會騙你的麼？匹諾曹，自此以後，你更應該替我們矮裡矮外國努力工作，做我們一隻忠實的走狗，以報答我們給你做大總統的恩惠，曉得麼？」

「啊，哪有不曉得之理呢？」匹諾曹說了，連忙跪下來，向小鬍子磕了三個響頭。

「好了，好了，我還有要緊的事情去做。再見吧，匹諾曹。」

小鬍子去了。匹諾曹站起來，快活地叫道：

「羅斯姑娘！羅斯姑娘！」

羅斯姑娘立刻來了。匹諾曹笑著說：

「幾年來我要做領袖的夢，想不到小鬍子幫我實現了！明天，我是長裡長外國的大總統啦！」

「真的麼？」羅斯姑娘快活地叫道。

「會假的麼？羅斯姑娘，從明天起，你是總統夫人了！」

正在這時，電話鈴響了。匹諾曹拿起電話聽筒來，問：

「誰？……阿，阿拉亭麼？唔唔，有什麼大不了的事呀？……什麼？矮裡矮外國在前線大吃敗仗麼？……什麼？你說得清楚一點！……矮裡矮外國會打不過長裡長外國的麼？……這是屁話！阿拉亭，告訴你一個喜訊：我明天要做大總統了。……什麼？當然，你是部長啦！哈哈，管什麼勝敗呢？我們做我們的官，刮百姓的錢！矮裡矮外國一旦全師大敗，我們可以往外國溜的呀！是麼？……哈哈！好，再見！」

剛放下電話聽筒，電話又滴鈴鈴地響起來了。匹諾曹又拿起電話聽筒：

「啊，是蹺腳狐狸麼？什麼？抗矮的人殺不光的麼？這是胡說！你只要一直殺下去好了。……好了，好了，你不要多說了，你明天可以做部長了，因為，我明天要做大總統了呀！……是的，再見吧！」

第二十二章

匹諾曹去做大總統了。

匹諾曹在這天晚上，怎麼也睡不著覺，羅斯姑娘也睡不著覺。他們都太興奮了，因為，只要天一亮，他們就要到軟病地方去做大總統了。

「做了大總統，那是多麼快活的事呀！」匹諾曹說。

「做了總統夫人，那真是像做皇后一樣呢。」羅斯姑娘說。

停了一會，匹諾曹心裡非常焦急，說：

「天為什麼還不亮呢？」

「快要亮了！看，窗外不是有一線曙光了麼？」羅斯姑娘指著窗外。

果真，窗外有一線曙光投射進來。匹諾曹說：

「我們起來吧！我們應該準備起來了。」

「好的，我們準備去做大總統和大總統夫人吧！」

羅斯姑娘說了後，和匹諾曹兩個人一起起床了。穿好衣服，匹諾曹看著窗外的一線曙光，說：

「羅斯姑娘呀！天馬上就要亮了！你看，曙光中……」

他倆向窗外的曙光中看著。只見曙光中，有八中黑老鼠，抬著兩口棺材來了。

八隻黑老鼠一進屋子來，匹諾曹全身失掉了力量，抖著聲音說：

「喂喂，黑老鼠們，你們為什麼抬著兩口棺材來呀？」

黑老鼠們說：

「我們受了長裡長外國全國人民的囑託，請你們狗夫婦兩個，進這兩口棺材。我們是來迎接你們，進那全國人民給你們掘好的墳墓中去的！」

「啊，……」羅斯姑娘恐怖地叫著，倒在床上。

匹諾曹已經失掉全身支撐的力量了，倒在一隻大椅子裡，他抖得非常厲害，說：

「黑老鼠們呀！我和羅斯姑娘一點病也沒有呀，也沒有死呀！我們為什麼要進你們抬來的可怕的棺材呢？」

「不，」一隻黑老鼠說，「你們的病已深入到骨頭中去了，無法醫治了，又作惡極大，所以，只好請你們進這可怕的棺材了。」

說了，四隻黑老鼠去抬羅斯姑娘了。羅斯姑娘沒命地大叫著：

「救命呀！救命呀！」

這時候，饒舌的蟋蟀出現了，說：

「羅斯姑娘，天已亮了，現在，讓你進墳墓中去做總統夫人吧！」

另外四隻黑老鼠來抬匹諾曹了。匹諾曹想要掙扎，可是饒舌的蟋蟀說：

「黑老鼠們是受了長裡長外國人民的委託來埋葬你的，你是無論如何也沒有力量掙脫了！」

匹諾曹大哭大叫：

「青髮仙子呀！請你再來救一救我呀！」

曙光中，青髮仙子來了，匹諾曹一見青髮仙子，大聲叫道：

「親愛的青髮仙子呀！請你再救一救我呀！從此以後，我一定改過自新了！」

青髮仙子說：

「匹諾曹，你小時候做出許許多多胡鬧的事來，我還可以救你。可是這一遭，我可救不了你了。我幾次三番請饒舌的蟋蟀來警告你，你非但不聽他的話，並且還打死了他。現在，你的末日到了！你已經被全國同胞們宣判了死刑，你只有進黑老鼠們抬來的棺材了，讓它們把你們夫婦兩個送進墳墓裡去吧！」

「你到墳墓中去做大總統吧！」饒舌的蟋蟀說。

四隻黑老鼠就把木偶匹諾曹抬進了棺材。一陣子劈劈拍拍的聲音，兩口棺材都釘起來了。

天色已經大明，東方的太陽，露出它的通紅的臉龐。八隻黑老鼠抬著兩口葬著木偶匹諾曹和木偶羅斯姑娘的棺材，朝著人們替他們挖掘好了的墳墓走去了。

棺材經過的地方，人們唱出勝利的歌曲來：

你不要臉的木偶匹諾曹，
你出賣了國家，
又出賣了同胞！
今天，我們送你進墳墓，
明天，國家要得到自由，
人民要得到幸福！

一九四〇年三月二十三日

少年英雄

一個十六歲的小戰士

這間臨時傷兵收容所是兩間茅草屋，矮小的坐落在貫串著全村的一條大街的左手，路上的行人可以清楚的看到屋子裡的情形。當臧先生一步跨進這屋子赤裸的小門時，負傷的兄弟們都很驚擾。屋子裡的人並不多，只有七八個。輕傷的見了臧先生，硬掙扎著往上起；重傷的，創痛使他們不能管顧得這些了。

一個年輕的小孩子，他身子向下躺著，兩隻拐肘支著地，頭向上昂起，一鼓一動的像一隻青蛙，臉上的顏色像春風裡的桃花，叫身上天藍色的布衫映得更是鮮明，一頂黑色瓜皮帽，把額角吞去了一半，帽子上卻沒有結子。

臧先生真是納悶不開了，這樣一個孩子正好到春風的郊野裡去跑跑跳跳，把他關在這間屋子裡是為了什麼？

臧先生就問那個小孩子道：「你這位小朋友是幹什麼的？」

「當兵的。」那小孩子說著，就把眼睛向臧先生瞄了幾眼，說是活潑，倒不如說是頑皮。

「在那個車隊裡？」

「補充第〇團。」

「那麼你的軍裝呢？」

「軍裝，唔，軍裝沒有……」一種羞愧的神色在他臉上一晃，他垂下眼睛，身子動了一動。

「軍隊那能沒有軍裝呢？」臧先生跟他開玩笑地說。

「不穿軍裝也一樣是打〇〇呵！」

「你這小鬼掉這麼多花頭，就說我們是游擊隊員，不就完事了嗎？」坐在一條長凳子上的一位弟兄這樣說了，他的眼睛紅腫著，不停的流淚，商人的催淚彈把他害得這樣子的。

聽了這一句話，才知道他們是游擊隊員，對於這孩子，除了喜歡，又添了一點敬意。

他臉前放著一雙粗布鞋子，還很新。

「這鞋是誰給你做的？」臧先生問他。
「我媽。」他很爽快的回答了臧先生。
在他說話的時候，臧先生的眼睛盯在他的臉上，從神色上看去，他一點也沒有思鄉的情緒。
「你家裡有什麼人？」
「有爸有媽有個哥哥。」
「家裡有消息嗎？」
「我才從家裡出來沒好久，大哥給鬼子抓去當『壯丁』了，爸爸媽媽買了『良民證，』還在『屋裡』。他媽的！誰能吃下鬼子的那口氣？我把『良民證』一撕，就加入了游擊隊。」
「游擊隊改編成補充第〇團，團長看他年紀小，要他當勤務，他不幹，非當兵不成，真是一個搗蛋鬼子。」那位紅眼弟兄又說了。
「我為什麼要當勤務？當勤務可不能上火線了呀！」他就來了一句反攻。
「你這麼小的年紀，上火線不害怕嗎？」
「不，十六歲了，還小麼？你說怕，怕什麼？打鬼子誰也不怕！我不是在『郝家大店』奪一個山頭受了傷，死也不會下來呀！」他說這些話的時候，顯得是非常的勇敢。

他告訴臧先生，前線上打得很順利，游擊隊已迫進了他的故鄉——應山縣城了，他相信不久就可以打回老家去的。

「先生，你是往那裡去的？」他反過來問臧先生。

「隋縣。」

「我跟你去好不好？」他眼睛裡放射出一線希望。

「等你的傷好了再去吧。」臧先生的心被一縷悲壯的情緒纏繞著，幾乎掉下淚來。後來，臧先生向他告辭了：「小弟弟，好好休養，你快好起來。」

臧先生走了，可是那十六歲的游擊隊員，用著眼睛送他，身子又在一鼓一動，臉上的神色，已經有些不同了，他是很想快點好起來，再上前線去打敵人！

小兵

那是一個細雨霏霏的初冬傍晚，那時廠民先生的故鄉前線，十分緊張，就和他的兩個朋友偉芬和齊家，約著同一個宣傳隊流亡到後方去。他們正向宣傳隊停留的市鎮趕著路。

因為接連下了四五天雨，路上非常濘滑，他們三人都赤了腳，把褲管撩得很高，一步一滑的移行。尖細的石子老是戮痛腳踝，稀爛的泥路不時叫他們的小腿都陷進去，用力撥出來的時候，泥漿就濺滿衣褲。雨並沒有停止，只是霏霏濛濛的變小了，他們一手抱著包裹，一手撐著紙傘，狼狽地走著。

路一個轉折，就走到了汽車路上。那兒比不得小田埂般泥濘，他們的步子也開大得多。

這時，路中間正有一長列車隊在趕奔著。望望前面，隊頭已到了二里路外的村莊那邊了；而後面，彎彎繞繞的，隊尾委蛇得還不知在那裡。他們一連一連的分開走著，四個人一排，正好把路面占了，他們便只得沿著路邊趕前去。

兵士們還只穿著草綠色的單衣短褲，戴著塗塈了五彩的竹笠，每個人身上背著毯子、槍枝，及許多零星東西，看來那負荷是並不輕的；但是那種南方人所特有的康朗愉快的神氣，並沒有為寒冷和風雨所掩沒，他們依然坦蕩地吸著煙，說笑著，哼哼著南國的山歌。

兵士們善意地向他們笑了笑，仍然拼命地趕著路。雖然雨已止了，但天色卻漸漸昏暗下來，他們必得在天完全黑暗之前趕到預定休息的村莊去。

一排一排的士兵，被他們掉後去；忽然在前面，一個走在隊伍旁邊的小兵吸住了他們的注意。

他是一個長度只齊及廠民先生腰部的孩子。穿著一件過分寬大的中年兵士穿的上衣，褲子沒看到，而腳掌也一樣的赤裸著。他不時擺動著拖掃泥地的長袖子，隔著長袖，一手提著兩盞馬燈，一隻袖子則被走在他旁邊的中年人拖拉著。小兵的步子逐漸的慢下來，像是再不勝於跋涉的樣子；一經中年人的扯拉，就不得已的快路幾步，又追上了行列。

見了這樣年小的小兵，也加入了軍隊，對敵人作戰，廠民先生和他的朋友都感動，就和他及走在他一起的中年人招呼搭話起來。

「喔！這位小朋友也預備上前線去嗎？」偉芬首先驚嘆。

「是的。」那個中年人他是營部的政治指導員，這樣回答著。

「真不錯呀！——可是畢竟太小了點。」齊家說。

「小嗎？我已十一歲了！」小兵回過頭來，閃耀著他的烏亮的大眼睛，自負地凝視著他們。這樣，可吧看到：一個圓圓的微黑的臉蛋，並沒有什麼特徵，只有微微超出的下唇，緊緊地包裹著上唇，露出一種堅強英毅的樣子。

「小朋友，你的馬燈讓我給你代提好不好？」偉芬說著，一面去從他手裡拉過燈來，小兵搖一搖頭之後，也終於接受了別人的好意。

「你走不動啦，讓我背你一段路吧！」齊家也湊著說。

「不，」政治指導員笑著：「他跑得動的，你們看他這樣拖拖挨挨的，卻一樣能趕路哩。十多天來，我們天天要步行七八十里路，他並沒掉落過。雖然沒有前幾天得勁，可是這樣正可以漸漸鍛煉得硬朗起來的。」

「喔，倒看不透你這樣逞能呀！」廠民先生拍了拍小兵的肩膀說：「那麼你知道自己現在向那兒去呀！」

「〇〇鬼子是什麼樣子呢？」

「世界上頂壞的壞傢伙，比強盜比賊骨頭，比偷鉛筆的小癩痢都壞，〇〇鬼子的眼睛和老鼠的一樣，臉上殺氣騰騰，嘴上有一撇八字鬍子，像是我們學校裡做戲時用墨筆畫的。〇〇鬼子的牙齒像野人婆婆，〇〇鬼子比野人婆婆都可惡。」

「你不怕他們嗎？」

「怕他們？要不敢打架只會哭的殷春生才怕他們，我可不怕。我們打起來的時候，我扛不動槍，可以擲手榴彈的呀！」

廠民先生敬佩地看著他，又向齊家偉芬看了看。他們正和政治指導員談得十分起勁，指導員在講著他們省裡動員民樂的情形，一會兒話題又轉到小兵的來歷這問題上了。——

「我們從前線調防下來到〇鎮休息時，我們分開著住在房屋較為寬大的民樂家裡。就在一家洋貨鋪子裡，和這孩子混熟了。我們住到他家裡的第三天，他就要求參加隊伍，我們以為他只是說著玩兒的，看他又這麼幼小，決不會妨受軍中的艱苦生活的，所以隨便應著他說：『好呀，歡迎你！』而那天，他就真的向他父親提出了要求，他的母親竭力反對，因為她只有兩個兒子，這個年紀又太小。那知他的父親卻很開通，並不阻止。孩子天天向母親哭著要求著，母親打他也還不能使他的意願改變，終於不不隨他了。我們看他雖然太年輕了點，可是事前既答應了，之後就沒法不允許他。就給了他一身軍衣，作算是一個勤務，他就跟我們一起出發，調到江南來了。」

小兵也在傾聽著別人關於他的談話，等講完的時候，他卻更正別人的錯誤道：

「我對媽媽並沒曾哭的，你瞎說。」

「瞎說？你哭得連飯都不吃，還抵賴麼？」

「不，那是我肚子痛才沒吃呀，你瞎說！」小兵的臉卻漲紅著，他加快了幾步，從廠民先生身邊超前去了。

隊伍仍然在逐漸黑暗下來的暮色中走著。廠民先生他們本來是應當趕快一點的，但都戀戀於那個小兵，不忍和他分別似的，沒有一個人肯加快他的步子。

……我們是鐵的隊伍，我們是鐵的心，

維護讓中華民族，永作自由人！…………

後面響起了重濁的宏大的歌聲，立即一個尖銳的高音插了進去，那個小兵用他的手拍著，而寬長的袖子拖在地上掃起泥來了。歌聲在原野裡震盪著，像是要叫破暮色一般。

歌聲停止的時候，小兵向汽車路旁側過身去，匍伏起他的背和腰，用雙手去捧小泥灘裡的水喝。政治指導員連忙跑上去拉住他。

「這水喝不得的，喝了會生病哩。」

小兵強著，他叫道：「我喝死了呀！」他依然要佝下身去。

「不行，我們快到宿夜的市鎮了，到了再喝吧。」

他被拉著，無可奈何的站起來走著。一再地問廠民先生道：

「到市鎮還有多少路呢？——不很遠吧？」

「不遠了，還只三五里路。」其實還該有十里路的，但為了安慰他的過渴的希望，廠民先生不能不欺騙他一次。但是想到他乾渴得可憐，又那麼幼小惹人愛的，所以接著又說：「不要急，小朋友，前面不是有一個村莊來了嗎？到那兒我給你討水去。」

聽了廠民先生的話，他以疑奇而又感激的目光望了他一會，當然會欣賞地輕快地追上了隊伍。而且，他還變得嘵舌起來，告訴廠民先生他學校裡的先生怎樣好，同學們怎樣為先生講的敵人暴行而憤怒的哭泣起來，他怎樣暗暗地堅定了他的立場。……

村莊到了，廠民先生急忙跑到一個熟悉的農家去討了一杯水，送給小兵，他滿意地喝完了，嗒嗒嘴。於是，苦痛的臉上又浮起了愉快的笑意，調皮地舉起他的小手，向廠民先生行了個禮。

廠民先生們的路從村旁要折向去，雖然他們戀戀於小兵的活潑的姿態，卻終於不有不和他分別。偉芬把馬燈重交給了他，他和每個人握過手，成為九十度的直角，舉起他的手，向大家敬了一個禮，大家分別了。可是廠民先生他們，還是幾次傾過頭去看小兵，只見那小兵，還舉起他的長袖子，向他們揮揚著哩！

邊區的兒童

晉察冀的邊區。壯丁不夠的鄉村，在路上放哨的，都是小孩子。他們拿著刀矛。固執的檢查行人，直到要看到他的「路條」毫無問題的時候，才會放他走。

北方的小溪河，冬天完全結了冰。北方的孩子們，就在那冰上滑著遊戲。他們沒有滑冰鞋，穿著布鞋，遠遠的從不滑的地面，跑到光滑的冰上，於是任他溜去，可以溜幾丈遠。貧苦農家的孩子們，就這樣得到遊戲的歡喜，同時收到健身的效果。

手執刀矛的那些小哨兵，沒有拋棄那種遊戲。在沒有行人的時候，他們就在溪裡滑冰，嘩笑。一見有了行人走來了，他們就馬上趕來檢查行人們的「路條」了。他們不像遊戲時那樣的頑皮了。他們是這樣嚴肅的向行人問道：

「帶了路條麼？老鄉。」

如果路人不使他們滿意，那是不行的，他們會包圍路人。如果路人拿不出「路條」來，他們就會把路人帶到村裡的自衛隊裡去。如果那路人的「路條」是對的，他們就說：「走吧！」路人走了沒幾步，後面就立刻爆發了歌聲：

同胞們，向前走，別退後，
生死已到最後關頭。
拿起我刀槍，舉起我鋤頭，
我們再也不能等候……

邊區的兒童組織，有「兒童團」「歌詠隊」。「兒童團」是一個做事的團體，同時也是一個教育的機關。兒童在「團」裡面，讀書識字、遊戲開會。「歌詠隊」能唱一切救亡的歌曲。他們唱歌，是娛樂他們自己，同時這是一種宣傳的工作。

有一天，一個「兒童團」的教師對「兒童團」的小朋友們演講道：

「同志們，我到這裡來和大家講幾句話，首先要問你們，遇到漢奸麼？」

「沒有。」小朋友們齊聲回答。

「如果你們以後遇到漢奸，一定要把他們綁起來，送到八路軍或者自衛隊去，當漢奸的都不是人，因為他們是幫助鬼子兵。如果鬼子兵來了，那是不得了的。他們要把我們的爸爸殺死；要把我們的房子燒掉；要把我們媽媽和姐姐拐去，受種種欺侮；把我們小孩子，有的用刀砍死，有的丟到井裡；要把我們的小弟弟，小妹妹，不能說話的，都拐去送到滿州或者朝鮮去，教他們〇〇話，教他們做小漢奸，將來再來殺他們，殺他們的父母兄弟和妹妹。同志們，所以我們要打倒〇〇帝國主義。

「打倒〇〇帝國主義！」小朋友們齊聲叫了，有的感動得流起淚來。

「同志們，不要害怕，〇〇鬼子，並不是打不死的！咱們的軍隊打死了許多的鬼子兵，你們知道麼？」

「知道」。

「知道就好了。以後不要哭臉，不要打架，大的不要欺侮小的，哥哥要領導妹妹，一齊準備打〇〇！我的話完了，同志們有什麼意見沒有？如果沒有，就學個歌兒。我們要好好的多學幾個歌兒。這個時候不學，到了二十歲，人就大了，什麼也學不進去了。如果這個時候我們學了許多歌，將來一邊走路，一邊唱歌，人家會說：『這娃兒真不錯，曉得唱很多好聽的歌兒。』現在，大家都準備好了沒有？」

「準備好了！」

「先把上次學會的練習一下。」

於是大家唱起來了：

同胞們，向前走，別退後，
生死已到最後關頭。
拿起我刀槍，舉起我鋤頭，
我們再也不能等候……

以後，是一句一句的學新歌。新歌或者是「游擊隊」，或者是什麼民歌。如果這些小朋友有機會去參加「歌詠隊」，或者是「兒童劇團」，那麼他們會變得更加聰明，不只會唱歌，而且會跳「水手舞」，扮演「捉漢奸活報」的歌劇。

這裡還有幾個關於邊區的小戰士的故事，可以講給你們小朋友們聽聽：

河北的平山縣，有一個老頭子，送去了他四個兒子到八路軍去說：

我只有四個兒子，沒有別的好貢獻國家，就把這四個兒子給國家了吧！

這老頭子連他幾歲的小兒子也送到八路軍去當勤務兵。這意義是很大的，中國的老年人是頂愛子息的。他們為了自己的老年，為了祖先的「香火」，把兒子拘禁在家裡。不讓他們發展，更不讓他們去當兵。現在，這個老頭子，在國家被敵人蹂躪的時候，懂得了「有國家」比「有子女」還要重要。這是中國的父母覺悟了，中國的兒女們有福了！可是，不覺悟的父母，就要覺悟的子女去開導他們呀！親愛的小讀者們，我要問問你：你的父母覺悟麼？

當平山縣城被敵人佔領時，許多貧苦的老百姓，都帶著老婆和兒子，全家參加了軍隊。在正規軍的新兵中，在游擊隊裡，就常常可以看到矮小的兒子和高大的爸爸在一起，參加軍隊的遊戲。捉起迷藏來的時候，爸爸捉兒子，兒子就常常跟爸爸開玩笑。他們真是快樂極了！他們是真正感到「天倫之樂」了！爸爸變得年輕了！兒子變得活潑了！在一般的家庭中，兒子聽到爸爸一來，嚇得連忙躲藏起來，這個情形，比起八路軍中的爸爸和兒子一同做著捉迷藏的遊戲，倒底是誰好呢？——小朋友們，我要問問你！

爸爸把兒子送到八路軍去，這事情做得真對。小孩子在軍隊裡一邊做著遊戲，一邊卻在學習。

陳易聯現在是個「幹部」，他常常打敗敵人的，他和他的同志燒了楊明堡二十架敵軍的飛機，威名傳於全國。可是在他小孩子的時候，就是徐海東（八路軍的將領）的勤務兵。他學到了徐海東的勇敢和聰明，現在，他打起仗來，很有把握了。

還有一個小戰士叫蕭仁張，現在是田守堯（也是八路軍的將領）的勤務，他佩帶望遠鏡和田守堯一道參加了平型開的戰鬥。他也學到了很多的知識：懂得「民族統一戰線」（小讀者們，你們懂得麼？）懂得我們現在為什麼作戰？應該怎樣作戰？幫他在高山上，看見「太行山脈」像狂波湧洶的時候，他歡喜得跳起來了！他叫道：

「我們八路軍就愛這種山，我們要用這種山來打敗鬼子兵！」

「救亡室」是「小鬼」們的天下。他們在這裡打乒乓球，下棋，作其他種種遊戲。他們有的也在這裡看圖書，這裡有許多壁報和壁畫，小鬼們的知識，一部分是從開會上的「報告」和「討論」中得來，可是另一部分就是從那些壁報和壁畫上得來的。這裡有一張「卡通」，上面畫著：有一個戴日章鐵帽的敵兵，被一個巨大的手拿著的一柄斧頭打倒了，鮮血直流出來，那斧頭上寫著四個大字：

統一戰線

在另一板牆上，貼著一張巨大的畫幅，從左到右，並列的畫著飛機、火車、汽車、自行車、奔馬、兔子和烏鱉。這些畫上面，都寫著小鬼子的名字，誰的工作成績挺好，就被寫在「飛機上，其次的，寫在「火車」上，再其次的，寫在「汽車」「自行車」「奔馬」等上，寫在「兔子」和「烏龜」上，這是多醜呀！小鬼們都不願意把自己的名字寫在「兔子」和「烏龜」上的，他們都爭著要把他們的名字寫在「飛機」上。可不是麼？「乘飛機」是多榮耀呀！

在曠野裡，就有一群一群的小孩子，他們用土塊和石頭，在大路旁邊造小房子，他們嬉笑的在做著，像是在玩耍。可是，他們真的在「玩耍」麼？不，他們是在建築小小的「哨舍」（小哨兵的房子。）因為在夜晚，天氣是更加冷了，冷到南方的小朋友們想都想不出來的冷。可是，那些小哨兵，還是要在曠野裡守衛呢？他們就蹬在他們自己建築起來的「小哨舍」裡。人們睡在屋裡的炕上（北方因天氣酷寒，所以人們是睡在炕上的，）偶然醒來的時候，會聽到那些「小哨兵」在外邊精神勃勃地問人：

「帶了路條麼？老鄉！」

那些邊區的小戰士們，等到他們長成他們哥哥和爸爸那樣的時候，那末，哼，中國早已是世界上一個最幸福，最自由，最快樂的國家啦！

可是親愛的小讀者們，你們讀了這篇文章後，你們也應該奮然而起，參加新中國的戰鬥呀！

動員劇團

中條山游擊區中，有十個以上的劇團，「動員劇團」由十五歲以下不願當亡國奴的孩子們組成的。

廿七年三月，運城一位二十二歲的小學教員，看見敵人將要打來，決定帶了廿幾個小學生到中條山上，發揮他們的抗敵能力，其中有幾個孩子的父母不願放開，是他們偷跑出來的。

將要上山，他們就在萬城縣境找到一支游擊隊，協助他們開展民運；後來又到平陸縣游擊支隊某大隊工作了兩個月，因為改變開撥，不能隨去。他們便到平陸縣總動員實施委員會擔任工作隊，在這期間，他們曾挨家挨戶去宣傳抗戰的道理，貼標語，演說偵察敵情。

九月開，他們看見民眾對於演戲有熱烈的喜好，就自己扮演各種簡單的抗敵戲劇給當地民眾留下了很深刻的印象。此後他們逐漸向東移動，沿途演劇宣傳，兩個月後，因經費詫無辦法，發生無解的危機。那位小學教員名暢友梅的，便去找到第〇戰區司令長官部求援，結果是配合著戰地服務團，在南溝到夏縣的大路上工作起來，一個多月後，由一百元做路費，將近一年的漂泊生涯，至此才開始有了著落。

他們正式定名為「動員劇團」，團員共有十九個人，他們立志要使中條山上每一個老百姓都能看見他們演劇。都知道為什麼要抗戰，就在去年元日開始了長征計畫。

首先出發三角地帶的承濟蒿城和平路西北部，並到前縣太山廣一帶，活動了一個多月。走到平陸時，正當敵人第次「掃蕩」中條山的「一二八」戰役，敵機到處轟炸掃射，在他們宿舍地投了好幾顆炸彈，傷了兩位團員，在同一天，他們協助部隊將打下的一架敵機裡企圖逃走的兩個航空員活活捉住，晚上並演劇慶祝這事。

西路走遍後，他們又於三月底去東路宣傳，歷經垣曲、曲沃、翼城、夏縣，每到一村莊，拜訪過村長後，就分別訪問民家，進行宣傳，晚上召集村民看戲，離開村子前，村民總是送他們一些小米、紅薯，來維持第二天的行程。

有一次到了垣曲縣城，敵機十二架去轟炸，在他們住宿的院子裡，投了五個炸彈，他都躲在院外的空地上，有三個被土埋起，半年後還沒有復原。

擔架著負傷的戰友繼續在各地宣傳，這是一幕極動人的戲劇，博得許多老年人的眼淚，激起多數青年的熱狂。

因為營養不足，起居不定，又怕佔用民房，到處因陋就簡，以至夏末回到總部時，全體害了疥瘡，不能再行動了，靜靜治療半個月後，大部分才復原。

他們這時決定開闢一個新工作，發動中條山的所有小朋友組織防奸團方式是三個人一組，分頭由近而遠到各村宣傳，每村組織一個「兒童防奸團」，擔任站崗、放哨、盤查行人，他們集體創作了一本防奸課本，全用歌謠體。

儘管團員只有幾個人，每人每月只有幾塊錢，但不顧一切危險艱難，猛烈去幹，這是他們最令人驚服的事。

在炸成焦土的村鎮中，用小手兒扒出一些石灰塊，或燒焦的木炭，在大街小巷寫成標語——

「軍民親密合作。」

「協助抗日軍運輸。」

「不替敵人奸細帶路。」

還有些不知從什麼地方抄記下來的日文標語：

「勿為軍閥財閥而犧牲。」

「我們的對頭人是〇〇軍閥。」

有時看見一群老太婆姑娘們晒太陽，他們也會擠進去，先唱兩支歌再告訴，他們一些英勇的故事，引得他們忽而大笑，忽而怒驚。看見傷兵彳亍走來，他們就會跑過去安慰幾句，扶著他們走到平地去。

他們雖都還是小孩子，但已積聚兩年的工作經驗，發動各村兒童組織防奸團的工作中，他們能夠說服最頑固的家長和村長。

一次，三個團員去李家溝開始工作，村長不許他們召集村童講話，他們說：「好，我們自己替你們擔任防奸好嗎？」村長答應了，恰好戰事緊張，時常有敵人或偽軍到各村滋擾，他們每天輪班在村口站崗。第三天發現一個鬼頭鬼腦的人向村裡探望，被他們喊人捉住，經村公所審問，是一個偵查村裡有沒有部隊的奸細，從這以後，全村村民都招待起這三個孩子，並照他們的防奸課本，將全村兒童組織了一個防奸團。

金家村有一個小學教員金先生，對派去的一組團員大為說：「你們這些毛孩子不讀書，在外邊亂跑做什麼？」他們很乖巧地恭維了金先生一頓，並請教他許多問題，談判了半天後，金先生不但同意他們在村裡活動？並幫助號召了附近各村兒童到他的小學校裡集中受訓。

他們盡所有餘力為村民講難解紛，村裡對於官廳有什麼疑難，他們很耐煩的解釋給他們聽。無論住在那一村工作，他們必付房錢飯錢。有許多村子對他們感情太好，拒絕收納，波底村的村民，不但不收他們的伙食錢，並在臨走時反送了兩元錢，慰勞他們。有些村民做布鞋送他們。

在一個月中，他們完成了五十個村子的工作，動員了四百三十個兒童為防奸團團員。

下面是他們工作中給暢團長的報告：

「暢團長，今天該校學生已開始站崗，第一崗位是一位十歲的小朋友名曹治科看見一位廿歲左右的青年，身穿破衣，面生疥癩，看起來人頭不正，他便拿刀向前盤問，第一句問他不敢發言，於是十幾個小朋友立刻圍住那人，你一句我一句盤問他，結果他就發出戰鬥的聲音說他是騎兵第〇師的伙夫，因為，病沒請假就要回家，但過河過不去，失望了，本部又不敢回去，只好討飯，本來我們要把他送回部的，但鄭先生怕耽誤學生功課，所以派村公民送回去。請你給曹治科小朋友以鼓勵，好提高他們的盤查興趣，謹致敬禮。第二組習會逑田家驤毛子華。十月廿九日。」

另一報告（十一月二十六日，）於關沱村（第三組。）

（一）廿五日——我們要出發關沱村工作了，早上因北風狂號，村民兒童的勸留，就在酷冷的早晨，把陡泉村學生小組會建立起來了。

（二）早飯後出發，到達工作目的地，村公所不在那裡，在劉家寨，當時因趕不及，決定廿六日去，當夜的居住問題，是閭長關聽端替我們麻煩的。（閭長辦事很熱心。）

（三）廿六日——早晨起來，在北風呼號中跑到村公所，與村長談了一會生活問題，由一閭長代辦。

（四）這是一件以報告的閃事，是什麼呢？就是我們今天怎樣吃飯？飯前我們找到閭長想法，閭長說：「今天此村有一家娶親，村鄰親友都給送禮（送錢），我也很忙，你們今天每人也送兩毛錢吧，就在他家吃一天，明天我另給你們派飯。我們聽了這話，非常高興，也幸腰中有毛票，馬上就掏給了他四毛票。我們為什麼竟這樣辦呢？這都是離家二年來，沒有坐過娶媳婦的喜筵所致，早上吃的白蒸饅，四碗菜，每人還有一碗豆腐湯（此地名流水席隨便吃）。正午白蒸饅，南瓜湯，九碗菜，有好幾樣，吃到嘴裡香真香。——完——報告者董寶善。

這樣生動有趣的報告，每天送到暢團長手裡，他都細心的一一答覆指示。他對這些未成熟的孩子，指導他們自我教育，每三天齊回團部開一次小組會（四人一組），互相批評，交換經驗，討論問題。每星期日有讀書報告，時事報告，每天每人須寫日記一頁。專署每月按名發給十元，但因糧食缺乏，多吃玉蜀黍，每個小孩都學會做飯，在任何地方，他們自己可以解決吃的問題了。

孩子們本來具有頑強的反抗性和求知欲，游擊區裡的孩子在戰鬥的實生活中間，將這種特性表現得更為明顯。

中條山上的小英雄

「作家訪問團」到了中條山一帶地方，有一次，女作家白朗先生訪問了活躍在中條山上的一個兒童的組織——「動員劇團」。團中有著二十個苦難的夥伴，年齡是由十二歲到十五歲。

她懷著一顆跳躍的心，坐在兩位小同志的對面，那四雙靈活聰敏的眼睛，努力地盯視著白朗先生，那盯視流露著無限的天真。他們的臉是那樣的細嫩，態度是那樣的天真，灰色的制服，整潔地穿在那挺健的幼小的身上，誰相信他們是農村中流亡的小難童呢？然而，他們確是拋棄了家，失掉了爹娘，跟著他們的先生，流浪已經有了幾年了。

當敵騎迫近了他們的故鄉時，他們便脫離了那美麗的樂園——運城師範附小——開始了無盡的跋涉。

「在敵人未到運城之前，為了避免暴敵的摧殘，他們的父母便自願地把這些孩子交給我帶出來了——」孩子們的領導人，同時也是他們學生時代的老師暢先生這樣說。

「孩子，我親愛的，把這幾個錢帶去，別想家，忘記了你的爹媽，隨著你們的先生逃命去吧！你們的先生，會比你的爹媽照顧得更周到的——」臨別時，孩子們的父母流著淚，把東挪西湊得來的幾元山西票，揣進孩子們的衣袋裡，算做是孩子們的旅費。

從此，這二十個從未離過家鄉一步的孩子，便帶著一顆悲痛而恐懼的心，踏上了艱苦的征途。他們頻頻地回首顧盼，留戀著溫暖的家和慈愛的父母，留戀著美麗的樂園，更留戀著那生長他們的故鄉，然而，他們是越去越遠了，幾小時之後，再回頭，便是一片渺茫！

他們走遍了中條山脈，在敵人的炮火中跋涉著，也曾參加游擊隊和敵人親自戰鬥過。他們忍饑受凍，曾以四十元錢維持二十多人兩個月的生活飲著溪流中的水吃著乾糧，常常露宿在曠野中，草叢裡，以致他們每個人都生著很重的疥瘡，直到現在，那苦難的紀念還留存在他們的身上。

去年秋天，他們投奔到七區專署來了。一年來，憑著他們天賦的智慧和不斷地努力，排演了許多救亡話劇，從這一個農村到到那一個農村，從這一個軍隊到那一個軍隊，他們在不斷地演出著，中條山每一個角落裡，都漾蕩著他們的歌聲。同時也漾蕩著讚美他們的詞句。

在出發的時候，他們自己背著行囊和出演時所用的衣服，每天步行七八十里的山路，這並不算稀奇。夏天，冒著毒熱的炎陽，汗濕透了的行囊，細嫩的面皮一層層的剝落著，腳上磨起了顆顆的血泡，然而他們並不息歇，照樣地忍痛奔行。

冬天，那凜冽的山風，狂襲著他們的臉和手，皮層皸裂了。潰爛了，腳也生了可怕的凍瘡，那不得休息的雙足，有著疥瘡和凍瘡的雙重病痛，爬行著凍滑的坡陡的路，還有比這更艱苦的嗎？

孩子們自己管理著內務，管理著伙食，在休息期中，每天都在學習由專署的工作人員員給他們上課，過著極有規律的生活。他們每個人都經常地記日記，暢先生曾給白朗先生看兩種孩子的集體創作，一本是兒童防奸團，一本動員戲劇在前線，那裡面完全是孩子們天真的作品，滿含著熱情，也充滿著艱苦奮鬥的血淚，孩子在抗戰中成長起來了，那深刻動人的作品，真不像是孩子們的手筆呢！

當白朗先生問到孩子們和家是否還通消息的時候，暢先生立刻湧出了眼淚，他顫聲地說：

「這就是最使人痛心的事情，他們的家大都被敵人毀掉了，我們站在山頭上，曾親眼看見運城的大火，自然，孩子們的家都被燒光了，至於孩子們的父母呢？那就更難查知他們的下落了——」

看了看兩個保持著沉默的孩子，他們的眼和臉全部紅了，垂下著眼臁不敢仰視。這悲淒的場面，真是感動。

又一次，在〇〇〇軍的歡迎會上，白朗先生看到了另外一批小同志們的話劇和舞蹈。

這一個歡迎會被孩子們支撐了整個的舞臺，他們不斷地唱歌、演劇、舞蹈著。在戰地，竟有這麼多的孩子，獻身於神聖的抗戰，這該是一件不能不使人驚詫的事情吧？

孩子們第一個節目是獨幕：張家店，雖然這個劇對於白朗先生並不陌生，但它始終在牽緊著她的心，抓緊了她的視線和神經，原因是他們扮演得太逼真了。

扮演老頭的一個，年齡最多也不過十一二歲，但，化裝起來，卻完全是一個小老頭了，他傴僂著弱不禁風的腰肢，拖著一雙軟顫的腿，咳嗽著，籲喘著，做作著老年人，種種的姿態，他那尖脆的童音，一變而為蒼老的喉嚨，在他的每一句話和每一個動作裡，找不出一點漏洞來，他是那樣地老練，那樣地沉著，即使是一個熟練的老演員，怕也很難有這樣的成績吧？

扮演兒童和媳婦的兩個小同志，也是十歲到十二歲的幼年，兒子的壯健，倔強——媳婦的畏縮馴良，被辱時的羞怯和掙扎，也都能維妙維肖，恰到好處。

兩個敵兵的殘暴舉動，演來也並不過火，充分地暴露了敵人的兇殘荒淫和無恥！

自始至終，白朗先生的心在緊張中蜷縮著，宛如置身於「孩子國」中，目睹這悲劇的成長和結局。

小同志們曾先後跳了四次兒童舞。這四次舞，穿著不同的服裝，換著不同的角色，真像蝴蝶飄翔在臺上，身子是那樣的柔活而敏捷，他們踏著音樂的節拍，步伐和姿態整齊得像一個人的許多影子一樣。，尤其是最後的「活報舞，」十幾個小同志穿著海軍的服裝，架起人做成飛機，做成迫擊炮，做著種種的聲音。當飛機架起時，他們報告：

「我們的空軍去到前方助戰！」

於是「嗡嗡嗡，」盤旋起來了。

那雄壯的姿態太動人了，看了這群中國的小主人，這群後志的棟樑，真愉快得禁不住要喊：

「後生可畏！」

當白朗先生去訪問威振舊關的名將李○○團長的時候，遠遠地飄送來一陣激人情緒的聲音，蕩漾在她的耳際，蕩漾在廣漠的綠野，原來是童子隊的小戰士們正整隊在操場上，用他們那嘹亮的喉嚨，唱出了他們的悲憤，唱出了他們雄壯的歌聲。當她走到他們隊前時，幾個小同志敏捷地跳出了隊伍，也敏捷地牽走了她的馬匹，兩位少年班長來和她親密地握了手，那是一個感動人的場面。

在廣場上集合了，坐在太陽的陰影下，周圍是一百多個能爭慣戰的小英雄，晚風拂著他們稚氣的臉，他們在天真而興奮地講述著

在舊關，在辛店，他們都曾參加了那激烈的鬥爭，他們背著槍，背著子彈和行囊，日夜地行軍，他們是「通信隊。」那時，他們一百七十多個都是十二三歲孩子。

為了奔回舊關那八個重要的山頭，李團長督率著他的英勇的士卒在血泊裡，在炮光中，和敵人死拼，他們忍受了幾晝夜的饑渴與血的搏鬥，終於，大部官兵都做了壯烈的犧牲；而敵人還在猛烈地逼攻著，我們的陣地空虛了，戰士的血染紅色了原野，戰士們的屍體狼藉了，援兵幾時才能開到呢？望著英靈的遺體，望著那八個巍峨的山頭，李團長哀惋地落下了英雄之淚！

「我們補充上去！團長，我們去復仇！我們去奪回我們的土地！」一百七十

多個鐵樣的小拳頭，堅強地高舉在空中，悲壯的吼聲澈響了山谷。

「不能，你們的年紀不太小，不能去白白地犧牲！——」李團長堅決地拒絕了那要求。

然而，終於在熱狂而堅決的要求下，孩子們走上了火線，終於他們犧牲了七十多人。

當時，在敵人猛烈的襲擊下，他們雖在不斷地傷亡，但他們絕不畏縮後退，他們能在危急中，用無比的勇氣去消滅那如虎的暴敵。在他們銜上去的時候，那已經是和敵人短兵相接了，敵人騎在馬上，揮舞長柄的大刀，許多小戰士都做了他們刀下的英魂，然而，餘下的小戰士們竟立刻把這血海的怨仇報復了！他們匍匐掩避在濃煙燎繞的草叢中，當敵騎過時，他們悄悄地跳了出來，用那敏捷的小手抓住馬尾，在那殺紅了眼的敵人遽不及防的當兒，他們的手槍響了，子彈由馬上的敵人背後貫穿過，於是，敵人立刻就滾下馬來。

他們以這樣的戰術消滅了無數的凶頑的強盜。以這樣的勇敢智謀寫了不少這樣驚人的故事，在奪回那八個山頭的凱歌中，他們是創造了不朽的功勳！

他們是各省自願入伍的小英雄，離家兩三年，他們不想回去，爭取中華民族的自由解放是他們唯一的志願。以這樣幼小的年紀參加戰鬥，不可以稀奇世界嗎？

現在，李團長表示，為了避免太可惜的犧牲，從此不讓他們再參加戰鬥了，以後將專致力於他們的教育，訓練之後，使他們成為持久抗戰最後的力量。

校後

少年出版社出版的各種兒童少年讀物，以前每本書中夾一張「讀者意見表」我們收到好幾千張的意見表中，其中有一部分對我編寫的新中國的少年居然表示了熱烈的歡迎，這當然使我很高興。有一位在昆明讀書的少年讀者，除了告訴我很歡喜讀新中國的少年外，還問我在有「落後分子」把持的學校裡，怎樣創辦壁報，以及其他有關學生活動的問題。這也可見那本書至少對少年讀者是有一點點影響的。

在上海，有一個小學校長胡先生，他曾開玩笑地對我說：「你的新中國的少年真害人不淺，小朋友們都很激動，他們吵嚷著要離開上海呢。」收在本書中的「貝宗德」，就是在胡先生的學校裡讀書的。說受了新中國的少年的影響也可以的。可是沒有如我那朋友胡先生，我恐怕貝宗德不會離開上海的吧？因為那緣故，所以平時在讀文藝雜誌或報紙「特寫」的時候，就特別注意那些寫「少年英雄」的故事。我總覺得那些故事雖然記載的是兒童少年們的英勇活動事蹟，然而顯然不是有意寫給兒童少年讀者們看的。我就大膽地稍稍改動了點，成為這篇〈少年英雄〉，不知道兒童少年讀者們讀了，明白不？

〈少年英雄〉本分三部分，「第三部」是少年英雄們自己的寫作，和「工作報告」之類，我原想編在這裡，可供在活動中的少年英雄們的一種參考，然後因深恐書本一厚，定價增高，讀者負擔太大，所以忍痛割去了。現在，留在這裡的只有「第一部」和「第二部」了。

在校讀本書的時候，不覺得對那些英勇的少年英雄們，起一種萬分的敬愛之心吧。他們的確是走在我們大人們的前面呵！我但願他們在這血的鬥爭中，日益壯大！

雪人

陰霾的天空，全是朵朵的雪花。飄著，飄著，飄著，在人家的屋頂上，路旁的樹枝間，或是路人的頭上、身上，或是街道上馳過的一切車輛上。

街上被無數朵的雪花凝聚著，在漸漸地變白了。偶有一輛汽車馳過，車轍的痕子，像兩條長的黑的皮帶，跟著汽車的馳去，而在變長起來。

天夜了。街道兩旁的電燈都亮了，雪花在電光裡飛舞著，閃爍地好像無數顆銀星。這時雪花落得更緊密了，車輛也更稀少了，行人差不多完全絕跡了。這條街平時本來是很少行人的，差不多的行人都是坐在汽車裡，但汽車又不像「南京路」上一般地多。

漫漫的夜開始在行進著，現在已有九點多了，這一條街道上的洋房，都已全披著白色的雪。街道上除了幾條汽車的轍痕以外，什麼都沒有。雪白白地鋪著，已快結成冰塊了，因為今天發了一天怒吼的西北風。

雪花飄著，比前更緊密了；朔風怒吼，比前更兇惡了，大地真的像被雪遮蔽著，默默地無聲無息。

「啊！冷呦！我的親娘！」

這十二分顫抖的聲音，被一陣橫掃過來的朔風，把音調歪曲得更顫抖而淒切了，接著，這可憐的聲音，又波動在這怒號的朔風裡：

「哎呦！我的親娘！我冷死了呦！！」

一個年約八九歲的小丐兒，身上只穿著一件破碎得不堪的破棉襖，下身僅裹著一隻麻布袋，腳上雖然也穿了兩隻兩樣顏色和原料——一隻是黑色的單鞋，一隻是青色的棉鞋，——的鞋子，但都已全濕透了。它們每踏到地上，常常會被擠出許多的冷水來，只要它們間的一隻一提起，冷的水像吸水紙一般地又被吸進去了。頭上沒有戴帽子，只是光禿著，頭髮淋淋地全是雪水。兩隻手按在肚子上，好像麻布袋立刻掉下來而才這樣按著的。頭頸好像沒有了，如果頭也可以像烏龜般地能縮進去的話，他一定也把頭縮進去了。因為他頭上沒有戴一頂帽子，但是他畢竟不能把頭縮進去。他一邊沿著街道走著，一邊嘴裡不住地喊著。——但這喊聲有誰去聽呢？就是聽見了，有誰會去可憐他呢？！

他盡可能地緊鎖著身子，全身被朔風打得發起無節奏的顫慄。鼻子不能呼吸，因為早被鼻涕粘著鼻孔了，只好把他的小嘴張開著來代替呼吸了。冒著朔風，他彎進了一條很寬闊的弄堂裡。

肚子是這樣的饑餓，今天一個銅子也討不著，因為走路人就是肯給錢的，也不高興把兩隻手從溫暖的衣袋裡伸出來。他偷了一家大餅店裡的一個大餅，雖則給那個很肥胖的小夥計見了，把他狠狠地打了幾拳；但當他來搶回他已偷著的那個大餅的時候，他寧願給他多打幾拳，而不願把大餅給搶回去。所以他把整個的大餅在那個肥胖的小夥計的毒拳下，一口氣地吞下了喉嚨。後來走路人看見他很可憐，而年紀又是這般地小，大家只把嘴巴來解勸了。於是，他便逃出了那個小夥計的抓攫。

「啊呦！我的親娘！……」

這一會他忽然記起了他的親娘來了。是的，他的親娘是早已死了！大概是前年吧，——這小小的腦子是從不會明白世界上是有時候的。——也是這麼一個大雪紛飛朔風怒吼的冬天，他的親娘畢竟因為饑寒交迫，而凍死在街頭了。後來，一個什麼慈善會的抬了一口很薄的棺材來，總算把他的親娘葬進了去。但當要被扛去的時候，他想攔住不讓那些人扛，但這事怎麼能辦得到呢？！

就在這時，他進了一家「教養院」；但是，沒有一年，他又被送出了教養院，這因為教養院只能教養他一年。上海像他這樣無家可歸終日餓著肚子凍著身體沒有衣穿的人不知還有多少呢。而這許多人，教養院是輪流著教養的。就是說：他被送出後，隨即又有一個要被送進來的。

他出了教養院，一直流浪到今天，也快有一年多了。

這樣想著，他又想起他的親娘在未死時告訴他的一切話來了。

他本來也有一個爸爸，——每個孩子是都會有一個慈祥的爸爸，和一個親愛的媽媽的。

——是在一家日本人開的大紗廠裡做工，因為求加工錢而罷工被日本人捉了暗暗地打死了。

但是明天報紙上卻說：他的爸爸被人暗殺了。並且又說，因為他同資本家串通，破壞罷工，大概是一輩罷工的工人把他殺了的吧？就這麼他的一家完了。他的媽媽因為眼睛一隻瞎了，而一隻又是半瞎，所以工廠也沒有人要她做工。他爸爸生前的許多朋友，雖然常常湊些錢接濟他母子倆，但不到一年，聽說也都被人暗殺了，因為他們都是為著窮苦工人的緣故。因此，媽媽便沒人給她錢了，而又不能做工，就抱著他在上海各街頭討飯。這時他大概有四歲了吧。

他縮著身子，在一家後門的階沿下這樣想著，眼淚不禁像落大雨一般地流了出來。他是再也不敢喊出「啊呦！我的親娘！」的話來了，因為這樣，他一定會又要想起那可憐的媽媽凍死時的一切慘狀來。

每一陣朔風吹來，他輕輕地像自語般地喊了一聲：「啊呦！冷死了呦！」的話後，便咬緊牙關向那盞發亮的電燈望望。

忽然，坐著的那家後門裡，有一種嘈雜的聲音發出來了，他嚇得連忙站起來，走下了階級，站在大雪中。他恐怕有人走出來，如果自己不識相不快些走開的話，一定又要像上次的那樣地被毆打了。前個一星期吧？也因為有風的緣故，他躲在一家也像這樣的後門口，後來他不知怎樣地睡著了，所以不聽見有人走出來，於是他被不知哪一個人，用皮鞋腳踢醒的。醒來，他抱了頭連忙逃，只聽見背後有一個帶山東口氣的人在罵他：

「媽的！你坐在這裡想偷東西麼？」

所以這次他一聽見有人在裡面響動了，他不敢再坐了，連忙站了起來，逃下階級。但是他不看見有人在開後門，並且似乎裡面又靜了起來。於是他才又大膽地敢走上那段階級。

裡面「霎霎」地在響著，接著一股肉的香氣從門縫裡流蕩出來。這可憐的小丐兒，禁不住地咽著唾涎，嗅著門縫，他很想多聞聞這種可愛的香味。他站起來，面著後門，上下左右，他看著那後門。他很想推門進去向他們討一些吃吃，但眼前忽顯出五六個大漢，粗大的拳頭打向他來，這才把要推門進去的手放下來。

他看著後門呆立著，忽然那厚厚的門兒變作透明起來了：一盆一盆熱氣騰騰的美味的肴饌，顯在他的面前，他只要一舉起手來，便可以嘗到那味兒了。但他一提起手來，剛要來拿的時候，他的手觸到門上，哪裡有什麼肴饌？門倒把他推開了一些，他嚇得什麼似地，像小耗子看見了大雄貓一樣，他跳下了階級。地上的雪已凝成冰了，很滑地把他摔了一跤。他爬起來，想要逃的時候，但他看看裡面沒有人出來，於是又站定了。過會兒，他又走上了那階級。

什麼都沒有響動，門有一些些的啟開著，他從哪裡張進去，只見到很清潔的一間廚房，那邊桌上不是有一碗什麼東西麼？他想那碗裡一定有一塊又肥又大的肉。啊！那肉該是多麼好吃呀！可憐這小丐兒從娘肚皮裡生出來，就一直沒有吃過肉呢！

漸漸，這碗近了他的眼前了，裡面果然有幾塊肉，他快樂得什麼似地，連忙把凍得腫了的小手，拿起了那塊肉，一口地連咀嚼也不咀嚼地吞了下去。他再想拿起第二塊的時候，一種劇烈的震動從他的全身發了起來，他不是在偷著人家的東西麼？他望著那只碗，自己也不覺得他是早已進了那家後門了。向廚房的四面望望，全身震動得更厲害了，那拿著的第二塊肉，不覺掉下了地。

當他想著：「打就給打吧！橫豎肉我總算吃過了！」的時候。他把手伸向嘴裡，用力一咬，卻咬了自己的腫了的小手，這才之後他第二塊的肉是掉在地上了。他連忙俯了下去，把那塊掉在他腳邊已踏過了的肉拾了起來，揩也不揩一揩地，又吞了下去。現在，碗裡還有兩塊肉，他完全吃了。

他從廚房裡再走了進去，那邊大概是客堂了。團團的一桌子人，都在大吃而大嚼。熱氣騰騰地上升，旁邊站著五六個人，想必都是僕人了。他在玻璃窗外張著，只是瞧見那桌子，別的什麼也沒有瞧見。

「雲兒！你今天吃了年夜飯，要大一歲了呀！」一個像老頭子的在對一個小女孩說，接著就問她：「今年幾歲呀？」

「七歲！」女孩兒回答了，便咬著一隻蛋餃。

「那麼，吃了年夜飯了呢。小妹妹？」大概問的是她的姊姊了。

「咦！不是八歲麼？」她天真地笑了。

這小丐兒看著他們在吃，竟忘了他是在一家有錢人的公館裡。在他想起來，這時候或許在做著夢吧？

「李媽！你水有燒著麼？」一個年紀有四十多的婦人問，她是坐在那老頭子的旁邊。

「已燒著了！」

這才把他驚了一跳，他幾乎大聲地叫了起來。回頭，他便走了。但是他卻昏忙地向扶梯上走去了。

他走進了一間很精緻的房間，全房是粉紅的油漆漆過了的，中央一盞綠色的電燈還亮著，這電燈的下面，橫著一隻西洋式的床，白色的褥子和紅色的綢被頭鋪著，一隻小枕頭定是很軟的，這樣地美麗安防在床的那邊。壁上掛著美麗的油畫四張，都是裸著身子，生了翅膀的小孩子。他想：

「這不是仙人麼？」

於是，他想起：他幼時母親曾告訴他很多關於仙人的故事。母親說：仙人是世界上最好的人，他們是救護窮人的。比如一個窮人覺得肚子很餓的時候，仙人會來給他一塊甘美的餅乾吃。但是母親又告訴他說：仙人也是人變的，專門壓迫欺侮窮人的富人，是永久不會變作仙人的。專門為窮人革命的人，他們死了，一定會變作仙人的，所以他的爸爸雖則死了，卻是變作了仙人。他禁不住地微笑了，向著二個在作飛的小孩子說：

「你一定是我的爸爸了！不是，為什麼你張開雙手向著我飛來呢？」

他回過了頭去，那邊屋角裡面站著一個很濕很濕的小孩子，頭是光著的，但是頭髮淋淋地全是雪水。一件破碎得不堪的破棉襖，好像在水裡撈起來般的，下身裹著一隻麻布袋，鞋是完全濕了，他向著他在作著微笑，並且點頭。於是他說：

「喂！你肚子餓麼？等著，只要一會兒，仙人會拿餅乾來的。」

他只見那邊的那個身體很濕面孔很髒的小孩子，也在同他點頭微笑。他高興起來了，他走了過去，想同他握握手。

「喂！你過來呀！」

居然那個小孩也過來了。

「砰！！！……」

那面大鏡子給那個小丐兒碰倒了。這才使他明白，那個小孩子原來是他自己的影子，被反映在那面大鏡子裡的。他正在罵自己為什麼像一個小傻子的時候，忽然看見一個中年的婦人，站在房門口，面上表示出很驚駭的樣子，嘴裡大喊了出來：

「啊，小姐房間裡有一個小賊呀，啊！小姐房間裡……」

沒一會兒，從那邊房門口衝進來十多個人來。這小丐兒覺得他們都很面熟，因為他剛才看見過他們的。那個老頭兒的面孔，很兇惡，八字鬍子這時翹起著，眼兒突出著，大聲地說：

「小賊！你這小賊！竟敢這樣大膽麼？」

他很想打去，但是他很髒很濕，所以他便縮回了手，他對一個僕人說：

「阿三！去拿雞毛拭帚來！」

「是！」

沒一會兒，阿三拿著一條雞毛拭帚來。那老頭子接著便向他的頭上一下。他連忙把兩隻手抱著頭，但是兩隻手上又著了一下了。

他像一隻小豬要被屠殺般似地暴吼著，腫的小手早已被打得出血了。這時左頰上又著了一下。可憐，那左頰破碎了，血涔涔地滴了下來。他叫著，哭著，求饒著，但是當那老頭兒還要打下去的時候，一個小女兒抱著他，哭喊著：

「爸爸！你不能打他！爸爸！你不能打他！」

那老頭兒雖則停止揪打他，但是他在哄騙她走。這時，小丐兒的嘴裡，忽然向那個女孩兒叫了出來：

「啊！仙人！你是仙人！仙人呀！你救救我呀！」

這小女孩的臉很像壁上掛著的第三張畫裡的女孩兒，所以他竟向她求救了。那女孩兒聽見他在叫她仙人，她更可憐他起來，她對他父親說：

「爸爸，你為什麼要打他呀？你看，他是多麼的可憐呀！他全身都濕了！我想，他一定肚子裡還餓著的，我要給他些餅乾吃，我要給他些衣服穿。爸爸！他也是一個人，同我有什麼兩樣呀？……」

那女孩兒還沒有說完，老頭兒向她的小女孩厲聲地說：「他是一個人麼？啊！不是人，是賊！你年紀還小，將來大了，你自然會知道。世界上只有賊和強盜，——總之：窮人是都不能算作人的。因為他們前世是做了壞人，今世才到這世界上來受苦的。」於是，他問著那小丐兒，幾乎要喊破了喉嚨：「你這世做做好人，說不定來世還可以投個好人生。而你卻偏偏要做賊，嚇！下世你準是要做隻狗或甚至是一條小蟲！！」

罵著，老頭子還要去打他，但是他的妻子阻止了他，對他說：

「好了！打也打過了，趕他出去吧！」

「什麼？這可算打過麼？我要吊他起來，重重地再打他一頓呢！不這樣，他下次膽子還要大，他一定還要來呢。」老頭子又舉起手來了，但是這舉起的那隻手，卻被他的小女兒抱著。她大哭著。

「雲兒！賊是應該打的呀！你要恨賊呀！你要恨窮人的，窮人大半都是賊！快放我，我要好好地教訓他一頓，否則，他非但會偷我們的東西，說不定將來他大了，還要來殺我們呢。」

但是雲兒不肯放，緊抱著她父親的手。小丐兒張開恐懼的眼，只是瑟瑟地打顫。左額上那條血痕在凝結起來了，右手撫著左手的傷痕，他嚇得連哭都忘了。

「阿三！李媽！王六！張九……你們還不給我把這小賊打出去麼？」老頭子大叫著的阿三、李媽、王六、張九，還有一個小丫頭，於是一齊動起手來，拳打著，腳踢著，把他趕到扶梯旁的時候，惡狠狠的張九就是把他一推，可憐那個小丐兒便跌下去了。

等到阿三、李媽、王六、張九等人走下去的時候，可憐那小丐兒已跌得半死了。他心裡很恐懼，怕真的那老頭子會吊他起來重重地揪打他。他想快些逃吧，但是腳怎樣地也提不起來，只覺得胸頭很悶，喘不過氣來。

那小女孩兒在上面大聲地哭喊著：

「你們真的要打他麼？啊！你們！……」

砰的一聲，大概是關了房門了，於是聲音聽不見了。

「你還不起來麼？」王六對這縮在地上的小丐兒喊著。

「不起來，可還要吃幾拳麼？」阿三也怒喊起來了。

「媽的！裝死！愈是做賊的愈是裝腔！」張九大聲地笑了起來。

大家你一句，我一句，那小丐兒又何嘗不想逃呢？但是他實在傷得太厲害了，他是已逃不動了。張九就像小雞般地提起了他起來，把他丟出了後門，接著，後門砰地一聲關了。

朔風仍怒吼，雪花仍紛飛，他跌到雪地上，嘔出了很多的血，他也不知道什麼痛苦了，他爬著，爬著，爬到對面，撐起上身，靠在牆角下坐著。頭抬起瞭望著那有綠色光輝照出來的玻璃窗，他喃喃地，是喉音了，說：

「仙人呀！你救了我了！」

「爸爸呦！我今天才看見你了！」

微笑浮上他的臉，他只是仰首，望著有綠色的光輝反射出來的那間小房子。

一會兒，他看見那上面的兩扇窗子，開了，他的爸爸張著兩臂，飛向他來，微笑著。

一會兒，他看見他的親娘，也從那兩扇窗裡飛出來了。

再一會兒，他又看見那個救他的女孩兒。帶著那牆上還有幾個仙人也飛下來了。她停在他身旁，給他吃餅乾，給他穿著絨頭繩衣，並且在他被打傷的地方撫摸著。

他低低地對她說：

「仙人！你真好，你救我。」但她只是向他微笑著。

他又說：「他們為什麼打我呀？」

她回答「他們說你窮。」

他不懂地問：「什麼是窮呢？」

她也不懂地疑問起來了：「真的，什麼是窮呢？」

「你們不懂窮麼？這是很簡單的，」小丐兒的爸爸擺了擺手來：「像他這麼就是窮。」他指了指小丐兒。

「哦！常常餓著肚子，凍著身子，受人無理的鞭打，這便是窮麼？」小丐兒這麼地問他的爸爸。

「對了！」他爸爸嚴肅地回答。

於是，死的沉默來了，片刻，小丐兒高興地問起他的母親：

「媽媽！你不是說過麼？仙人是常常救護窮人的。我很相信這話，因為她不是救我的麼？」他一邊說一邊指著那女孩兒。

但是他的親娘，貼近著他耳語著說：

「我親愛的孩子，你今天也可以變作仙人了！」

「真的麼？」他聽了母親的話，快樂得幾乎跳起來，「那麼，我一定要去打平世界，使世界沒有窮，沒有欺侮人的人，如果有，把他捉到地獄裡去！」說著，拍起手來了。

「這該是你們的工作了！」母親微笑地對他同那女孩說。

「好！我們現在就擔起這個任務來吧！」小丐兒說了，站了起來，同美麗的雲姑娘攜著手，朝日正輝煌，他倆向著那邊徑行著，後面跟著的是他的爸爸和媽媽和仙子們。

朔風仍怒吼，雪花仍紛飄，並且比先前更狂暴，更緊密了！

明天早上，雪總算是停了。大概是午飯的時候吧，那家的老頭兒出門了，今天特別從後門出來，因為年初一是不能開前門的。他一走出後門，便看見斜對面有一個雪人。

「這麼清早。誰已做了雪人了？」

汽車駛進來，他跨上了汽車，汽車駛出去的時候，不小心把那個雪人摔倒了。

啊！哪裡是個雪人，這不是昨天被那個老頭兒一家打傷的那個小丐兒麼？現在他已是死了！在常人看起來，說他定是凍死的，但在他自己卻不然，他是去打平世界的。

一九三三年一月刊於《無名文藝》

沒有路條，不能通過

情況又緊張啦！

是冬天，山東解放區全凍上了冰。你看，外面大朵大朵的雪團兒在呼啦呼啦的寒風中打轉轉兒。我坐在一間石塊搭成的小屋裡，烤著火。

「走！出發！有任務！」李同志推門進來，精神十足地叫著。門沒有關上，雪團兒跟著寒風一起旋進屋子來。「把門關上吧，坐下來談談，什麼任務？」

「關什麼門，立刻就走！」李同志還是高聲叫著。

我從火堆旁站了起來，還來不及說話，李同志又說了下去：「敵人已經包圍○○城，我軍正在突圍。」

「是麼？」我明白了是什麼任務，因為我們機關的家屬都住在離○○城不遠的一莊子裡，我們要把家屬轉移到安全的地方去。「走吧！」

我們騎上牲口，就向離開這裡有六十里地的○○城奔去了。

奔了十幾里路，雖然頭上戴著皮帽子，可是耳朵發著痛；雖然腳上套著大棉鞋，可是腳丫子冰涼冰涼的。

我抬起頭來望著前邊，在迷糊的寒冽的空氣中望過去，啊哈，那不是牛家寨子麼？我高興得叫了起來：

「老李，前邊是牛家寨子呀！」

李同志不理會我，我追上了他，還是高興地叫道：「老李，牛家寨子到啦，咱們進去歇歇吧，太冷啦！」

我們直向牛家寨子奔去。

牛家寨子我住過，只住過兩天，村長是個六十歲的老頭兒，姓牛的，人瘦得很，臉皮棕色，可是兩隻眼睛，棗子樣，奕奕有神，我就住在他家裡。他有個閨女，十六歲，是識字班的大姐。她告訴我，還在日本軍隊佔領的時代，她爹就幫助我們部隊傳送消息。在一個大冷天，為了把消息送到另外一個部隊，他曾涉過十幾條河水。從此，大家曉得牛老爹是個好老頭兒。農會主任是個年輕小夥子，叫傻牛兒，婦會主任是牛錫漢家的媳婦。

想呀想的，快到牛家寨子了，還沒進寨子，我看到大刀紅纓槍一閃，五六個男女娃娃湧出來站在我們的面前，舉起大刀橫著紅纓槍，一齊叫著：

「上哪去？」

我曉得是牛家寨的兒童團員，我們忙跳下牲口，走到他們的跟前，我說：

「上○○城去！」

「什麼，上○○城去？」一個女娃娃說著，上下打量著我們。

一個拿著大刀的男孩子，看樣子有十四五歲了，他戴著他老爹的皮帽子，那麼不相稱，走上前來，態度很好，說話也很和氣，問我們：

「同志，有沒有路條？」

啊呀，這下子可把我們提醒啦，我們出來得太匆忙啦，路條也忘記帶啦！我望望老李，老李也望望我。

我把背著的皮包打開來，想找找有沒有證件。李同志這時候就向那個拿大刀的兒童團員說：

「喂，兒童團員們，咱們是公家人，你們瞧，我們不是穿著解放軍的棉制服麼？這，還有假麼？」

一個女娃娃說：「不行的，狗特務也有穿著我們解放軍衣服的。」

又一個說：「壞蛋們就會想法子來糊咱們。」
又一個說：「沒有路條，不能通過！」
老李發急了。我從皮包裡拿出一張飯票，想用這應付一下。
「你們看這不是路條麼？」
「哎呀，這是飯票子，哄我們麼？」
我臉發燒了，臉紅啦！
老李無可奈何地說：「娃娃們……」
啊喲，還沒說完，娃娃們叫了起來：
「什麼娃娃們，我們是兒童團員，我們是牛家寨子的兒童團員！」
老李沒法，只得說：「好，牛家寨子的兒童團員們，我們有緊急的公事到○○城去，你們放我們過去吧！」
「不行！不行！」兒童團員們叫著，一起把大刀和紅纓槍舉起來了。
「我們是公家人呀……」
不等老李說完，兒童團員們又叫了起來：
「沒有路條，不能通過！」

「那麼咱們不進牛家寨子好吧！」老李轉過頭來對我說，「我們不進莊子啦！」

可是，兒童團員們說：「不行，你們沒有路條，不進牛家寨子也不行！」

「那怎麼辦呢？」老李越加發急了。

我看形勢嚴重了，就對兒童團員們說：

「兒童團員們，你們做得對，不管哪一個人，沒有路條，不能通過，這很對！不過，我們確實不是壞人，咱們是公家人……」

「我們只認路條……」兒童團員們叫嚷著。

「是的，對的，你們對的，我們今天早晨出發，太匆忙啦，忘了帶路條，這是我們的錯誤，下次我們出發一定帶。不過，我們實在有緊急的公事……」

我看見兒童團員們的神情已平和起來了，於是，接下去說：

「不帶路條是我們不對，不過我可以找出證明，我住過牛寨子的，村長不是牛老爹麼？他有個閨女，是識字班上的大姐，叫牛姐兒。牛老爹是個好老頭，他幫咱部隊傳消息，涉過十幾條河水……再有，我不哄騙你們，你們的農會主任是傻牛兒，婦會主任是牛錫漢家的媳婦，是吧？你們看，這還不夠麼？放我們進去吧！咳呀，你們看，天多冷呀，雪，唔，太大啦，放我們進去吧！」

兒童團員們笑起來了，一個女娃娃高興地說：「這麼說來，你們是認識我們的啦！」

「是同志呢。」

正在這時，那個拿大刀的兒童團員，十四五歲的，說話了：

「不行的，狗特務也曉得我們牛家寨子的，他們也會編一套的。」

老李又發急了：「咳呀，你們……」

我推了下老李，向兒童團員說：

「那麼，你們把我們送到牛老爹家去，看我們是壞人還是好人！好麼？」

兒童團員們叫起來：「好，就這麼辦！」

於是，我們就在大刀、紅纓槍的包圍中一起進了牛家寨子。在牛老爹門口，我們把牲口拴上了，那個十四五歲的兒童團員進了牛老爹的屋子，不多會兒，牛老爹出來了，他的棕色的臉，他的奕奕有神的眼睛一點兒沒變。他看了我們一會，突然高興地叫道：

「哈，是你麼？老蘇！」

我連忙迎上去，握著牛老爹的瘦骨嶙嶙的手。牛老爹向兒童團員們說：

「孩子們，一點不錯，是咱們的同志！」

兒童團員們高興了，大家擁上來，爭著拉我們的手：

「同志，麻煩你們啦！」

「同志，對不起你們啦！」

我們都很感動，老李向兒童團員們說：

「牛家寨子的兒童團員，你們做得對，沒有路條，不能通過！讓那些壞蛋們，不能在咱們的解放區搞特務活動！」

我說：「牛家寨子的兒童團員，你們做得對，是我們不對，忘了帶路條，得向你們承認錯誤，我們以後一定要帶路條！」

這時牛姐兒出來了，叫著我：

「老蘇又來啦！」

牛老爹向兒童團員們說：「孩子們，事情辦好啦，你們還去站崗吧！」

「好！」兒童團員們高興地說。

「不能讓壞蛋溜進咱們的地區來！」牛老爹握起拳頭，向兒童團員們說。

「對！」

於是，大刀、紅纓槍，在雪花團團的天空中搖動起來，牛家寨子的兒童團員，又到村口去站崗了。

牛老爹拉著我們說：「進屋子去歇歇吧！」

牛家寨子的兒童團員們一邊離去，一邊用秧歌的調子唱著有勁的歌：

牛家寨子兒童團，
走上莊口去放哨，
特務暗探壞小子，
一個不能放過他！
…………

我們走進了牛老爹的屋子。

一九五〇年

臺灣版後記

為重寫中國兒童文學史做準備

眉睫（簡體版書系策畫）

二〇一〇年，欣聞俞曉群先生執掌海豚出版社。時先生力邀知交好友陳子善先生參編海豚書館系列，而我又是陳先生之門外弟子，於是陳先生將我點校整理的梅光迪講義《文學概論》（後改名《文學演講集》）納入其中，得以出版。有了這個因緣，我冒昧向俞社長提出入職工作的請求。俞社長看重我對現代文學、兒童文學研究的能力，將我招入京城，並請我負責《豐子愷全集》和中國兒童文學經典懷舊系列的出版工作。

俞曉群先生有著濃厚的人文情懷，對時下中國童書缺少版本意識，且缺少人文氣質頗不以為然。我對此表示贊成，並在他的理念基礎上深入突出兩點：一是以兒童文學作品為主，尤其是以民國老版本為底本，二是深入挖掘現有中國兒童文學史沒有提及或提到不多，但比較重要的兒童文學作品。所以這套「大家小書」，頗有一些「中國現代兒童文學史參考資料叢書」的味道。此前上海書店出版社曾以影印版的形式推出「中國現代文學史參考資料叢書」，影響巨大，為推動中國現代文學研究做了突出貢獻。兒童文學界也需要這麼一套作品集，但考慮到兒童讀物的特殊性，影印的話讀者太少，只能改為簡體橫排了。但這套書從一開始的策劃，就有為重寫中國兒童文學史做準備的想法在裡面。

為了讓這套書體現出權威性，我讓我的導師、中國第一位格林獎獲得者蔣風先生擔任主編。蔣先生對我們的做法表示相當地贊成，十分願意擔任主編，但他畢竟年事已高，不可能參與具體的工作，只能以書信的方式給我提了一些想法，我們採納了他的一些建議。書目的選擇，版本的擇定主要是由我來完成的。總序也由我草擬初稿，蔣先生稍作改動，然後就「經典懷舊」的當下意義做了闡發。可以說，我與蔣老師合寫的「總序」是這套書的綱領。

什麼是經典？「總序」說：「環顧當下圖書出版市場，能夠隨處找到這些經典名著各式各樣的新版本。遺憾的是，我們很難從中感受到當初那種閱讀經典作品時的新奇感、愉悅感、崇敬感。因為市面上的新版本，大都是美繪本、青少版、刪節版，甚至是粗糙的改寫本或編寫本。不少編輯和編者輕率地刪改了原作的字詞、標點，配上了與經典名著不甚協調的插圖。我想，真正的經典版本，從內容到形式都應該是精緻的、典雅的，書中每個角落透露出來的氣息，都要與作品內在的美感、精神、品質相一致。於是，我繼續往前回想，記憶起那些經典名著的初版本，或者其他的老版本——我的心不禁微微一震，那裡才有我需要的閱讀感覺。」在這段文字裡，蔣先生主張給少兒閱讀的童書應該是真正的經典，這是我們出版本套書系所力圖達到的。第一輯中的《稻草人》依據的是民國初版本、許敦谷插圖本的原著，這也是一九四九年以來第一次出版原版的《稻草人》。至於解放後小讀者們讀到的《稻草人》都是經過了刪改的，作品風致差異已經十分大。俞平伯的《憶》也是從文津街國家圖書館古籍館中找出一九二五年版的原著來進行重印的。我們所做的就是為了原汁原味地展現民國經典的風格、味道。

什麼是「懷舊」？蔣先生說：「懷舊，不是心靈無助的漂泊；懷舊也不是心理病態的表徵。懷舊，能夠使我們憧憬理想的價值；懷舊，可以讓我們明白追求的意義；懷舊，也促使我們理解生命的真諦。它既可讓人獲得心靈的慰藉，也能從中獲得精神力量。」一些具有懷舊價值、經典意義的著作於是浮出水面，比如孤島時期最富盛名的兒童文學大家蘇蘇（鍾望陽）的《新木偶奇遇記》；大後方為少兒出版做出極大貢獻的司馬文森的《菲菲島夢遊記》，都已經列入了書系第二批順利問世。第三批中的《小哥兒倆》（淩叔華）《橋（手稿本）》（廢名）《哈巴國》（范泉）《小朋友文藝》（謝六逸）等都是民國時期膾炙人口的大家作品，所使用的插圖也是原著插圖，是黃永玉、陳煙橋、刃鋒等著名畫家作品。

中國作家協會副主席高洪波先生也支持本書系的出版，關露的《蘋果園》就是他推薦的，後來又因丁景唐之女丁言昭的幫助而解決了版權。這些民國的老經典，因為歷史的原因淡出了讀者的視野，成為當下讀者不曾讀過的經典。然而，它們的藝術品質是高雅的，將長久地引起世人的「懷舊」。

經典懷舊的意義在哪裡？蔣先生說：「懷舊不僅是一種文化積澱，它更為我們提供了一種經過時間發酵釀造而成的文化營養。它對於認識、評價當前兒童文學創作、出版、研究提供了一份有價值的參照系統，體現了我們對它們的批判性的繼承和發揚，同時還為繁榮我國兒童文學事業提供了一個座標、方向，從而順利找到超越以往的新路。」在這裡，他指明了「經典懷舊」的當下意義。事實上，我們的本土少兒出版是日益遠離民國時期宣導的兒童本位了。相反地，上世紀二三十年代的一些精美的童書，為我們提供了一個座標。後來因為歷史的、政治的、學術的原因，我們背離了這個民國童書的傳統。因此我們正在努力，力爭推出真正的「經典懷舊」，打造出屬於我們這個時代的真正的經典！

但經典懷舊也有一些缺憾，這種缺憾一方面是識見的限制，一方面是因為審稿意見不一致。起初我們的一位做三審的領導，缺少文獻意識，按照時下的編校規範對一些字詞做了改動，違反了「總序」的綱領和出版的初衷。經過一段時間磨合以後，這套書才得以回到原有的設想道路上來。

欣聞臺灣將引入這套叢書，我想這對於臺灣人民了解大陸的兒童文學是有幫助的。林文寶先生作為臺灣版的序言作者，推薦我撰寫後記，我謹就我所知，記述於上。希望臺灣的兒童文學研究者能夠指出本書的不足，研究它們的可取之處，為重寫兩岸的中國兒童文學史做出有益的貢獻。

二〇一七年十月於北京

眉睫，原名梅杰，曾任海豚出版社策劃總監，現任長江少年兒童出版社首席編輯。主持的國家出版工程有《中國兒童文學走向世界精品書系》（中英韓文版）、《豐子愷全集》《民國兒童文學教育資料及研究》，主編《林海音兒童文學全集》《冰心兒童文學全集》《豐子愷兒童文學全集》《老舍兒童文學全集》等數百種兒童讀物。二〇一四年度榮獲「中國好編輯」稱號。著有《朗山筆記》《關於廢名》《現代文學史料探微》《文學史上的失蹤者》，編有《許君遠文存》《梅光迪文存》《綺情樓雜記》等等。

民國時期經典童書 A0801012

新木偶奇遇記

作　　者 蘇　蘇
版權策劃 李　鋒

發 行 人 陳滿銘
總 經 理 梁錦興
總 編 輯 陳滿銘
副總編輯 張晏瑞
編 輯 所 萬卷樓圖書 (股) 公司
特約編輯 沛　貝
內頁編排 林樂娟
封面設計 小　草
印　　刷 百通科技 (股) 公司

出　　版 昌明文化有限公司
　　　　 桃園市龜山區中原街 32 號
電　　話 (02)23216565
發　　行 萬卷樓圖書 (股) 公司
　　　　 臺北市羅斯福路二段 41 號 6 樓之 3
電　　話 (02)23216565
傳　　真 (02)23218698
電　　郵 SERVICE@WANJUAN.COM.TW
大陸經銷
廈門外圖臺灣書店有限公司
電郵 JKB188@188.COM

ISBN 978-986-496-066-8
2017 年 12 月初版一刷
定價：新臺幣 280 元

如何購買本書：
1. 劃撥購書，請透過以下帳號
　帳號：15624015
　戶名：萬卷樓圖書股份有限公司
2. 轉帳購書，請透過以下帳戶
　合作金庫銀行古亭分行
　戶名：萬卷樓圖書股份有限公司
　帳號：0877717092596
3. 網路購書，請透過萬卷樓網站
　網址 WWW.WANJUAN.COM.TW
　大量購書，請直接聯繫，將有專人為您服務。(02)23216565 分機 10

如有缺頁、破損或裝訂錯誤，請寄回更換

國家圖書館出版品預行編目資料

新木偶奇遇記 / 蘇蘇著 . -- 初版 . -- 桃園市 : 昌明文化出版 ; 臺北市 : 萬卷樓發行 , 2017.12
　面；　公分 . -- (民國時期經典童書)
ISBN 978-986-496-066-8(平裝)
859.08　　　106021760